MERIDIANE

Aus aller Welt

Band 44

Ismail Kadare

Das verflixte Jahr

ROMAN

Aus dem Albanischen übersetzt
und mit einem Glossar versehen von
Joachim Röhm

AMMANN VERLAG

Die Übersetzung von »Viti i mbrapshte«
folgt der 2003 bei Onufri in Tirana erschienenen Ausgabe.

Die Übersetzung wurde gefördert vom Literarischen Colloquium Berlin
mit Mitteln der Stiftung Pro Helvetia.
Der Verlag bedankt sich hierfür.

Erste Auflage
© 2005 by Ammann Verlag & Co., Zürich
Homepage: www.ammann.ch
Alle deutschsprachigen Rechte vorbehalten
© Librairie Arthème Fayard, 1987
Satz: Gaby Michel, Hamburg
Druck und Bindung: Clausen & Bosse, Leck
ISBN 3-250-60044-X

I

Man war geteilter Meinung in der Frage, ob der Komet jenem Jahr von Beginn an seinen unheilvollen Stempel aufgedrückt hatte oder ob die Menschen erst später, als die Ereignisse bereits ihren Lauf nahmen, sich einbildeten, sie hätten es gleich zu Anfang bemerkt. Tatsächlich hielten sich in den ersten Nächten, in denen der Komet zu sehen war, Ängste und Hoffnungen die Waage. Jene, die zuversichtlich gewesen waren, wollten später allerdings nichts mehr davon wissen und knurrten, wenn man sie daran erinnerte: »So einfältig kann ich nun wirklich nicht gewesen sein!«

Der Komet hielt sich lange Zeit am Himmel auf und war von weiten Teilen des Erdballs aus zu sehen. Während jedoch die Zahl der Völker, die seinen Gang am Firmament verfolgen konnten, beschränkt blieb, schloß das Raunen, das er auslöste, alle ein. Eigenartig war, daß man ihn allenthalben als böses Omen betrachtete. Dabei spielte keine Rolle, ob sein Schweif am Himmel des betreffenden Landes nach rechts oder nach links zeigte, ob es sich um eine heiße oder kalte Region handelte und ob die Menschen dort weißer oder schwarzer Hautfarbe waren.

Nach ein paar Wochen (die Ereignisse, um die es uns geht, hatten noch nicht begonnen) fing man an, die weitverbreitete Neigung, den Kometen als Vorzeichen zu betrachten, damit zu erklären, daß es kaum ein Volk gab, dessen künftiges Geschick nicht mit einem Frage׳ zeichen versehen gewesen wäre. Daß die Hoffnungen rasch dahinschmolzen und der Angst Platz machten, sah man darin begründet, daß jede Nation das Zeichen ihrer eigenen Verfassung entsprechend interpretierte, und da alle mit Rissen und Löchern im Gefüge sowie katastrophalen Heimsuchungen zu kämpfen hatten, neigten sie begreiflicherweise dazu, diese dem Kome׳ ten anzulasten. Kurz gesagt, der Komet, so bedrohlich er auch erscheinen mochte, kam dem Erdball gerade recht.

Kalt funkelte sein Schweif am herbstlichen Himmel, und allein schon der Gedanke, daß selbst ein strammer Lauf von vielen tausend Stunden nicht genügt hätte, um ihm zu entkommen, war erdrückend.

Derweil fielen auch noch andere Zeichen, große und kleine, ins Auge. Noch nie war die Balkanhalbinsel von so vielen Hundemeuten durchstreift worden wie in je׳ nem Jahr. Hechelnd und jaulend überquerten die Tiere die montenegrinisch׳albanische Grenze, drangen in die nördlichen Bezirke des albanischen Staates ein, wandten sich dann nach seinem östlichen Teil, um schließlich auf die griechisch׳mazedonische Grenze zuzuhetzen. In einer abrupten Richtungsänderung, deren Gründe dem menschlichen Denkvermögen nicht zugänglich waren, da sie dem Tiefengedächtnis der Gattung entsprangen, preschte das inzwischen zweigeteilte Rudel von dort aus weiter in Richtung griechisch-albanischer Grenze beziehungsweise Bulgarien.

Das Geheul der Hunde schien die Temperatur noch weiter nach unten zu treiben. An einem jener frostigen Nachmittage stand ein kummervoll dreinschauender Mann mit einer Krücke am Rande des albanischen Weilers Selishta. Doska Mokrari, der sich gleichfalls dort befunden und ihm ein Almosen angeboten hatte, wußte nachher zu berichten, daß der verkrüppelte Mensch ihm einen verächtlichen Blick zugeworfen und gesagt habe: »Armselige, für den Bettelsack seid ihr selbst bestimmt.« Dann sei er mit klackender Krücke auf der reifbedeckten Straße davongehinkt.

So also standen die Dinge in jenem Jahr, in dem nicht nur die Schwarzseher, sondern auch die anderen, für die immer nur die Sonne schien und Honig in den Bächen floß, am Ende überzeugt waren, daß es den Beinamen »verflixt« wahrhaftig verdient hatte.

II

Gott, was für ein wüstes Durcheinander! Kaum aus der Taufe gehoben, war der albanische Staat schon ein einziges Tollhaus. Eigentlich konnte man sich gar nicht sicher sein, daß es überhaupt einen Staat gab. Man wußte nicht, welches die Hauptstadt war, denn jeden Tag kam eine andere Ortschaft daher, die dazu ausge׳ rufen werden wollte. Der Regierung waren ihre Siegel abhanden gekommen. Anständige Grenzen ließen sich auch nicht finden. Es hieß, man sei dabei, sie mit der Schnur zu vermessen, doch wenn zwei damit anfingen, zerrte jeder in eine andere Richtung, und nachts kam der dritte und riß alle Markierungen wieder aus.

»Das hier ist Albanien«, sagte der eine und stampfte, bam, mit dem Fuß auf die Erde. »Albanien? Auf kei׳ nen Fall, sondern Griechenland«, fuhr ihm ein anderer ins Wort und stampfte, bam, gleichfalls auf den Boden. »Albanien? Griechenland? Nichts von beidem, sondern unser geheiligtes Serbien«, empörte sich der dritte und stampfte auf, bam, ein Stiefel war es diesmal, nicht bloß ein Schuh. »Du hast vielleicht genagelte Stiefel und ich bloß Opanken mit Quasten, doch das hier ist Alba׳ nien, und daran rührt mir keiner«, gab der erste heftig zurück. Drei Hände fahren zum Revolver im Gürtel, und das Unheil nimmt seinen Lauf.

Dergleichen Geschichten erzählte man sich in jenem Herbst im einzigen Kaffeehaus des Weilers Selishta. Was gab es nicht alles für Neuigkeiten. Einige wollten wissen, die Hauptstadt stehe nun fest, und auch die Siegel seien wieder aufgetaucht, doch ein anderer widersprach: Man habe schon wieder eine neue Hauptstadt bestimmt, und die wiedergefundenen Siegel seien inzwischen ungültig geworden. Auch daß man für Albanien einen König suchte, gab zu Disputen Anlaß. Einige behaupteten, er sei bereits ausgesucht, und zwar ein Spanier, doch andere hielten ihn für einen Deutschen, während wieder andere darauf insistierten, er sei Franzose, Schotte oder sogar Türke, bis schließlich ein Besserwisser das Wort ergriff und verkündete, einen König gebe es wohl schon, aber bloß für so lange, wie kein edlerer gefunden sei.

Doch so weit die Meinungen oft auch auseinandergingen, große Einmütigkeit herrschte im Befinden, daß aus dem albanischen Staat ein Hühnerstall geworden sei, wie es ihn auf Gottes weiter Erde noch nie gegeben habe.

Diverse Armeen und Banden durchkreuzten das Land. Im Nordosten marschierte die österreichische Streitmacht, ausgerüstet mit Feldgeschützen, festen Regeln und knappen Befehlen, so wie es sich für eine Armee von altem Schrot und Korn gehörte. Durch den Osten bewegten sich französische Truppen, wie es im allgemeinen hieß, obwohl es auch welche gab, die Stein und Bein darauf schworen, es handele sich überhaupt nicht um Franzosen, sondern um geschminkte und mit Perücken ausgestattete Chinesen oder Vietnamesen, und wer das nicht glauben wolle, brauche bloß hinzuge-hen und sich anzuhören, wie sie in der Nacht piepsend auf chinesisch ihre Gefallenen beklagten. Ausgerüstet mit altmodischen Gewehren und Gesängen, schob sich das montenegrinische Ostheer langsam nach Nordosten vor. Durch die Wälder von Mamurras vagabundierte Tur Kursaris Haufen, und ein Stück weiter Uk Baj-raktaris in schwarzen Filz gewandetes Aufgebot aus dem Norden. In Gegenrichtung zu den anderen waren die serbischen Streitkräfte mit ihren munitionsbela-denen Fuhrwerken unterwegs. Kalkgruben bezeichne-ten ihre Marschroute, denn sie benötigten gelöschten Kalk, um die Opfer des unter ihnen wütenden Fleck-fiebers damit zu bestäuben. Esad Paschas muselmani-sche Banden, welche die Wiedervereinigung mit der Türkei auf ihre Fahne geschrieben hatten, trieben sich zum Lärm der Trommeln in Mittelalbanien herum, feierten mit Gebrüll den »Dum Baba«, womit der tür-kische Sultan gemeint war, und grölten wie im Fieber düstere Lieder:

> *Einst winkte uns das Paradies,*
> *Derweil's uns nun zur Hölle drängt.*
> *Albanien, liederliches Weib,*
> *Hast uns die Schwindsucht angehängt.*

Und schließlich gab es auch noch die Armee des gerade erst aus der Taufe gehobenen albanischen Staates, am schwächsten auf der Brust von allen, angeführt von verzweifelten holländischen Offizieren, die kein Wort Albanisch verstanden und jeden Abend Trost im Alkohol suchten.

Mit gramvoller Miene hörte Shestan Verdha zu. Wie immer saßen Alush Gjati und Doska Mokrari, die beiden Unzertrennlichen, mit ihm am Tisch. Alush schaute Shestan mitleidig an. Ihm schien, als seien dessen helle Haut, Augen und Haare ganz und gar nicht dafür geeignet, einem Kummer standzuhalten. Er hätte seinem Freund diesen gerne abgenommen, weil ihm dünkte, daß er selbst mit seiner weizenbraunen Haut, den kräftigen Kiefern und dunklen Augen viel besser mit Unbill aller Art umgehen konnte. Aber ging das überhaupt, Shestan seinen Kummer abzunehmen?

Doska mit seinen roten Apfelbacken war solche Anteilnahme fremd. Manchmal hatte man sogar den Eindruck, es bereite ihm Spaß, den anderen die Laune zu verderben.

»Weißt du, wie die Holländer den Krieg nennen?« fragt er, nachdem sie eine Weile schweigend dagesessen haben. »*Oorlog!* Das ist ihr Wort dafür. Man könnte sich wirklich totlachen. Und was glaubst du, was Angriff bei ihnen heißt?«

»Wie soll unsereiner denn so was wissen?« gab Alush mürrisch zurück.

»*Aanval.* So sagen sie dazu. He, und das in einer

Armee mit lauter Albanern. ›Oorlog‹, brüllt der Offizier, und die Soldaten kapieren gar nichts. Sie legen das
Gewehr beiseite, anstatt es zu laden. Und wenn dann
der Befehl kommt: ›Aanval‹, rühren sie sich so wenig
vom Fleck wie wir jetzt. Das soll eine Armee sein?«

»Eine Schande ist das«, stößt Shestan hervor.

»Es reicht, Doska, da wird einem ja übel«, mischt
sich Alush ein. Mit vorwurfsvoll funkelnden Augen
starrt er seinem Freund in das feiste, glatte Gesicht.

»Warum glotzt du mich so an?« gibt Doska zurück,
aber dann hat er die beiden anderen auf einmal vergessen, kneift die Lider zusammen und stimmt sein Lieb-
lingslied an:

> *Der Hungerturm von Korça*
> *Sieben Treppen hoch,*
> *Feim, Mamas Liebling,*
> *Schmort im Loch.*
>
> *Wer klopft dir den Strohsack?*
> *Wer richtet dein Bett?*
> *Feim, Mamas Liebling,*
> *Bekommt sein Fett.*

An den zwei, drei Tischen, wo noch Leute sitzen, hört
man auf zu reden, schaut herüber und hört Doska zu.
Shestan stößt einen tiefen Seufzer aus.

»Also, wir schließen jetzt«, sagt Ropi, der Kaffee-
hausbesitzer.

12

Einer nach dem anderen gehen sie hinaus in die kalte Nacht. Alushs lange und Doskas kurze Beine treten achtlos in die Pfützen auf der Straße. Shestan ist mittelgroß. Würde man Alush und Doska aufeinanderstellen und dann die Hälfte davon nehmen, käme er dabei heraus. So hat er gerne scherzhaft gesagt, bevor er von der Schwermut befallen worden ist.

Der Komet droben am Himmel, fremd und feindselig, bringt die nächtliche Stille zum Erdröhnen. Jeder weiß vom andern, daß sein Blick dort hinaufwandert, obwohl keiner es zeigen möchte.

»Also, ich habe da ein ganz böses Gefühl«, sagt Doska plötzlich. »Albanien geht vor die Hunde.«

»Kannst du nicht wenigstens einmal deinen Schnabel halten«, fällt ihm Alush mit einem Seitenblick auf Shestan ins Wort. Dabei denkt er: Dem kommt dieses gräßliche Zeug über die Lippen, als sei überhaupt nichts dabei.

Shestan geht weiter, als habe er nichts gehört. Im Mondlicht schimmern seine Haare gelblich. Nach ein paar Schritten bleibt er plötzlich stehen, fährt herum und packt Doska an der Gurgel.

»Was hast du da eben gesagt?« stößt er mit erstickter Stimme hervor.

Doska versucht sich zu befreien. Sein Gesicht ist rot angelaufen, aber seine Augen funkeln.

»Das gefällt dir nicht, was?« zischt er wütend, als der andere seinen Griff ein wenig lockert. »Aber wenn es so ist, weshalb unternimmst du dann nichts? Oder hast du Arschflattern? Wieso bist du eigentlich unser Hauptmann?«

Shestan nimmt die Hände von seinem Hals und schaut ihn verdutzt an.

III

Später, als die Forscher, mit allerlei Titeln und Gra-
den versehene Mitarbeiter unterschiedlich ausge-
richteter wissenschaftlicher Institute, sich in großer Zahl
mit den Geschehnissen dieses unvergeßlichen Jahres zu
beschäftigen begannen, Ordnung in ihren Ablauf zu
bringen versuchten, sie analysierten und interpretierten
(was manchmal schier unmöglich schien, so daß sie ver-
zweifelt den Blick zum Himmel erhoben, wo sie vielleicht nach dem mittlerweile leider entschwundenen
Kometen Ausschau hielten, um bei ihm, in dessen Licht
sich schließlich alles abgespielt hatte, Erhellung zu suchen), später also, als dieses Jahr, ein gräßliches Kriech-
tier, Wirbel für Wirbel einer gründlichen Untersuchung
unterzogen wurde, gerieten sich die Gelehrten schon
über die Motive zur Formierung dessen, was später gemeinhin als »Mokrakräfte« bezeichnet wurde, in die
Haare, genauso wie über die Umstände, unter denen
Shestan Verdha zu ihrem Anführer ernannt wurde.
Man trug alle möglichen Hinweise zusammen, unter
denen selbstverständlich auch Doska Mokraris ziemlich
derber Ausspruch nicht fehlte, doch der entsprechende
Satz wurde sowenig wie die anderen Zeugnisse jemals
in den konkreten zeitlichen und räumlichen Zusammenhang gestellt, in den er gehörte, nämlich den vom Ko-

meten beleuchteten Heimweg mehrerer Männer auf einer Dorfstraße voller Schlammlöcher spät in der Nacht, nachdem das Kaffeehaus zugemacht hatte.

Der Komet kam in praktisch allen Chroniken vor. Es war ja auch naheliegend, einem solchen Himmelskörper die Eignung zuzusprechen, bevölkerungsweit Psychosen, Alpträume, böse Vorahnungen und einander widerstreitende Neigungen zu verursachen. Außerdem diente er den Chroniken, Tagebüchern oder Lebenserinnerungen, die unter Zusammenhanglosigkeit litten, als gemeinsame Grundlage zur Herstellung einer gewissen Kontinuität. Dennoch muß festgestellt sein, daß der Komet eine rein dekorative Erscheinung geblieben wäre, die allenfalls dazu getaugt hätte, die Phantasie zu freiem Flug anzuregen (beispielsweise gab es Chronisten, die sich offenbar mit den gängigen Theorien zur Entstehung der Kometen auseinandergesetzt hatten und von daher die Frage aufwarfen, ob dieser spezielle Komet nun aus den Tiefen des öden Raums zu uns gekommen war, um am Ende wieder darin zu verschwinden, oder ob er fortan, gefangen im Geflecht der Umlaufbahnen unseres Sonnensystems, in diesem verbleiben würde), also: Der Komet wäre wohl eine rein dekorative Erscheinung geblieben, hätte sich der Holländer Dirk Stoffels nicht auf den Einfall versteift, die albanische Bezeichnung für Freischärler, nämlich »Komit«, sei abgeleitet vom Wort »Comet« im Sinne des lateinischen »stella cometa«, also »Haarstern«, da die albanischen sogenannten Komiten nun einmal eine lange

16

Haartracht bevorzugten. Bei den Griechen, von denen die Albaner das Wort »Komit« ausgeliehen hatten, sei es allerdings später durch »klephte« ersetzt worden, argumentierte Stoffels (diesmal zu Recht) weiter, so daß es in seiner ursprünglichen Bedeutung nur noch in Albanien existiere.

Dirk Stoffels' Entdeckung genügte, um sämtliche Chronisten, Tagebuchautoren, Vortragsredner und Memoirenschreiber in sein Fahrwasser zu bringen und zu den unglaublichsten Auslegungen, Mutmaßungen und poetischen Höhenflügen zu veranlassen. Sie setzten sich zum Beispiel elegant über die Tatsache hinweg, daß es die albanischen Komiten bereits seit ein paar Jahrhunderten gab, und begründeten das Phänomen, daß in jenem Jahr wieder einmal eine Woge von Freischärlern die Berge überschwemmte, ausschließlich mit dem Erscheinen des Kometen. Die langmähnigen albanischen Komiten waren für sie die leibhaftigen Söhne des »großen Geschwänzten«, des Kometen, von ihm gezeugt, und nicht nur das: Sie waren ihm auch gehorsam und dienstbar, wobei die Verständigung vermittels obskurer Geheimzeichen erfolgte. So blühend war die Phantasie, daß man dem Kometen alle möglichen Eigenschaften zuschrieb. Er war angeblich für Hoffnungen und Enttäuschungen der Freischärler verantwortlich; er lockte sie von zu Hause fort in die Berge, ehe er sich wieder davonmachte und sie im Dreck sitzen ließ. Glaubte man diesen Hirngespinsten, dann ging mit dem Verblassen, Entschwinden des Kometen auch die Schwächung, der Niedergang der Freischärler einher, sie verschwanden wieder im Schatten. Es war völlig verrückt, aber in jenem schlimmen Jahr suchte man die Ursachen für den Ausbruch und Ablauf des Krieges und schließlich sogar den Untergang der Komiten in den Sternen.

Was die Umstände anbelangt, unter denen Shestan Verdha zum Anführer bestimmt wurde, so muß man schlicht sagen, daß sie im dunkeln geblieben sind. Das ist kein Wunder. Weder Shestan noch Doska, der ihn unvermittelt zum Hauptmann erklärt hatte, wußten eine Begründung dafür zu geben. Berichte besagen, Shestan habe einmal beim Trinken von seinem Kameraden wissen wollen: »Was, zum Teufel, ist nur in deinem Kopf vorgegangen, als du mir plötzlich diese blöde Frage gestellt hast, ob ich nun euer Hauptmann bin oder nicht. Du weißt ganz genau, daß ich das nie werden wollte.« Doskas Antwort, so wird weiter berichtet, sei gewesen: »Ich weiß auch nicht, es ist mir eben so eingefallen. In diesem Augenblick war ich einfach davon überzeugt. Vielleicht hatte ich davon geträumt, oder es kam bloß daher, daß deine Haare im Mondlicht auf einmal so anders aussahen, wie richtige Hauptmannshaare.«

Diese beiden Punkte, vor allem der erste, machten auch den Ausländern ganz furchtbar zu schaffen. In den Abhandlungen *Une république française en Balkans* und *Wegbeschreibungen. Reisen in schwieriger Zeit* kamen sie vor, und es war auch von »einem sehr kräftigen albanischen Ausdruck« die Rede, jedoch behauptete man, dieser sei während einer Beratung gefallen, »einer Debatte«, und sprach von »einem flammenden, gefühlsgetragenen Auf⸗ ruf des Dosque Maucrares« an die Adresse »des legen⸗ dären Hauptmanns Schestan Werden«, wobei dieser Appell angeblich mit den Worten »jetzt oder nie« be⸗ gonnen und mit dem »gepfefferten, unübersetzbaren Ausdruck« geendet hatte.

Einen Anlauf zur Verdeutlichung der betreffenden Wendung unternahm später der unermüdliche Dirk Stoffels in seinem *Tagebuch eines Offiziers (Dagboek van een officier),* wobei er den ihm wesentlich scheinenden Kör⸗ perteil, das Rektum, mit den möglichen physischen Re⸗ aktionen eines Gewichthebers im Augenblick äußerster Kraftanspannung in Verbindung brachte.

Was den Aufbruch der Mokraren in den Krieg be⸗ traf, so bekundeten einige der gelehrten Sammler, er habe unter großem Aufsehen stattgefunden, wobei be⸗ sondere Betonung auf die Tränen der Frauen (der »künf⸗ tigen Witwen«, wie einer wußte) gelegt wurde, während andere Forscher zu völlig anderen Ergebnissen kamen, daß nämlich der Abmarsch unter ganz und gar myste⸗ riösen Umständen erfolgt sei, »gleich nach der Plünde⸗ rung des Geheimarchivs«.

Die Mehrheit der Fachkundigen zog indessen die Existenz eines geheimen Archivs in Zweifel, und erst recht die Spekulationen, wonach darin vertrauliche Ver⸗ einbarungen über die Aufteilung Albaniens enthalten gewesen seien.

Wieso, war ihr Argument, hätte man sich für die

Aufbewahrung solcher Bestände ausgerechnet eine ab-
geschiedene Höhle aussuchen sollen? Als man den
Zweiflern vorhielt, unzugängliche Kavernen seien gerade in unruhigen Zeiten vielleicht am besten zur Ver-
wahrung von Schriftstücken und Gold geeignet, zogen
die meisten allerdings ihre Einwände zurück.

Soweit sich ihr Forschungseifer nicht auf den Abmarsch sowie die Plünderung des Archivs konzentrierte, beschäftigten sich die Ausländer vor allem mit
der Ausdeutung der Begriffe »Mokrar« beziehungsweise
»Mokra«, was sie abwechselnd mit »Mühlstein« und
»Mühlrad« übersetzten. Dies bewirkte eine gewisse
Beeinträchtigung ihrer nüchternen wissenschaftlichen
Urteilsfähigkeit und verleitete sie zum Rückgriff auf li-
terarische Metaphern: Den Marsch der Mokraren ver-
glichen sie mit einem rollenden Rad, einem sich abwärts
wälzenden Mühlstein, der alles auf seinem Weg zer-
drückt, zerquetscht, von der Erdoberfläche tilgt.

In allen Darstellungen, ob sie nun die Archivfrage,
den aufsehenerregenden oder verstohlenen Aufbruch
der Mokraren oder ihren Marschrhythmus betrafen,
mischte sich Dichtung mit Wahrheit.

Tatsächlich hatte sich folgendes abgespielt: Zwei
Tage nach der denkwürdigen nächtlichen Unterhaltung
waren die Mokraren in den Krieg aufgebrochen, und
zwar früh am Morgen, bei Schneefall.

Alles in allem waren sie fünf Mann. Außer Shestan,
Alush und Doska waren auch noch Tod Allamani und
Cute Bënja mit von der Partie. Von Frauen und Spröß-

lingen hatten sie sich bereits zu Hause verabschiedet, ohne großes Weinen und Wehklagen. »Wer will, soll hinterher heulen«, hatte Tod Allamani gesagt, »wir wollen auf jeden Fall nichts davon hören.«

Sie waren bereits am Rande des Dorfplatzes angelangt, als Doska plötzlich das Siegel einfiel. Sie gingen zurück und pochten heftig an die Haustür des Dorfältesten. »Wozu brauchen wir ein Siegel«, hatte Alush zwar gemeint, »das bringt doch bloß Scherereien.« Doch Doska war standhaft geblieben. »Wenn wir kein Siegel mitnehmen, ist es nichts Ernsthaftes.« Die anderen gaben nach, und es entwickelte sich, was später als »Beraubung des geheimnisumwitterten Sonderarchivs« in die Geschichte einging.

Sie kehrten also um und klopften stürmisch an die Haustür des Dorfältesten. Der Schnee ließ ihre Stimmen dumpfer klingen als sonst. »Wer seid ihr?« wurde von drinnen gefragt. »Aufmachen, wir wollen das Siegel!«

Der Dorfälteste war erst spät in der Nacht von einer Hochzeit heimgekommen und hatte sich noch nicht vom Raki erholt. Seine Augen waren verschwollen, die Zunge lag dick in seinem Mund, und es fiel ihm schwer, ihr Anliegen zu begreifen. Schließlich fing er an zu brüllen: »Wer seid ihr überhaupt? Und was soll das für ein Krieg sein? Das Siegel bekommt ihr nicht!« Doch Shestan setzte ihm die Mündung des Revolvers auf die Stirn.

»Krieg eben, Hohlkopf! Hast du verstanden?«

»Oorlog!« herrschte Doska ihn an und langte ihm in die Kleider.

Schließlich fand er, was er gesucht hatte, und riß es mit einem Ruck vom Gurtband der Unterhose, an dem es befestigt war, wozu der Dorfälteste grimmig murmelte: »Komm mir bloß nicht wieder unter die Augen, Bürschchen.«

»Ganz meinerseits«, erwiderte Doska und schubste ihn weg. »Du bringst Unglück über unseren Marsch«, rief er zornig über die Schulter zurück, als sie schon am Hoftor waren.

Die anderen sagten nichts. Beim Gehen schauten sie aus den Augenwinkeln auf die Häuser am Straßenrand. Die Fenster waren erleuchtet. Man hatte die Petroleumlampen angezündet. All die unterdrückten Seufzer tanzten als Schatten hinter den Scheiben. »Wir hätten sie besser heulen lassen sollen«, sagte Shestan später.

Mit zusammengekniffenen Augen beobachtete Alush Gjatis Schwiegermutter von ihrer überdachten Veranda aus die Marschierenden. Alush schien ihren Blick, vor dem er sich schon immer gefürchtet hatte, zu spüren, jedenfalls unternahm er einen Versuch, sich hinter seinen Kameraden zu verstecken, doch vergebens. Der stattliche Kerl überragte alle anderen mindestens um eine Handbreit. »Wenigstens bleibe ich diesmal von ihrem Gemaule verschont«, brummelte er vor sich hin. Doch so leise er auch geflüstert hatte und so laut er dabei mit seinen Opanken aufgetreten war, als sie unter der Veranda vorbeikamen, hörte er sie sagen:

»Und wo wollt ihr eine Kiste hernehmen, in die du hineinpaßt?« Das waren ihre Worte.

»Was mußt du meinen Sarg ins Maul nehmen, alte Hexe?« schnaubte Alush, der vor Wut und Scham puterrot angelaufen war. Es war das erste Mal, daß er sie so nannte.

Seltsamerweise schimpfte sie nicht zurück und war, wie es aussah, noch nicht einmal beleidigt. Sie redete nur mit der gleichen dumpfen Stimme weiter, als habe sie nichts gehört:

»Wo ihr hingeht, ihr armen Teufel, da gibt's bloß Särge.«

Sie beschleunigten den Schritt, doch es war zu spät, sie hatten bereits gehört, was sie besser nicht hätten hören sollen. Von diesem Moment an, so berichteten sie später selber, mußten sie beim Anblick von Alushs Riesenleib unweigerlich an ihre düsteren Worte denken: »Und wo wollt ihr eine Kiste hernehmen, in die du hineinpaßt?« Sogar Shestan, der Vernünftigste von allen, mußte zugeben, daß er sich Alush jedesmal, wenn er ihm gegenüberstand, auf der Erde ausgestreckt vorstellte, trotz aller Mühe, das Bild von sich wegzuschieben. »Er lag dann vor mir«, erzählte er, »wie von einer unsichtbaren Hand hingeworfen. Als ob die Kartätsche, die ihn später erwischte, ihr Gespenst vorausgeschickt hätte, um das ganze schon einmal auszuprobieren.«

»Erst recht, wenn er schlief«, ergänzte Doska Mokrari. »Der Herr allein weiß, weshalb ich nicht aufstand und ihm eine Kerze an den Kopf stellte.«

Dennoch behaupteten, oder glaubten wenigstens, später alle, sie hätten damals auf der Straße nichts anderes im Sinn gehabt, als so schnell wie möglich von diesem verwünschten Hoftor wegzukommen. »Deine Schwiegermutter ist ja schlimmer als der Komet. Eine richtige Unke.« Das waren Tod Allamanis Worte gewesen. Sonst hatte keiner etwas gesagt.

(An dieser Stelle ist eine Anmerkung fällig. Entgegen den mannigfaltigen Mutmaßungen der Forscher über die Gründe, die dazu führten, daß aus Alush Gjati ein Alush Tabutgjati wurde, entstand dieser Zuname, der fraglos nicht nur äußerst selten ist, sondern auch einen düsteren und schicksalhaften Beiklang hat, hier auf der Straße, vor dem schwiegermütterlichen Haus. Die Verwirrung unter den ausländischen Chronisten wurde noch dadurch gesteigert, daß fast alle voll Eifer und Phantasie den neuen Nachnamen in ihre jeweilige Landessprache übertrugen – Long Cercueil, Longcoffin, Langsarg usw. – und maßlose Übertreibungen damit verknüpften, etwa, daß die Mokraren auf ihren Märschen stets einen langen Sarg mit sich geführt hätten, um die Bevölkerung einzuschüchtern, oder daß bei ihnen sogar schwarze Messen gefeiert worden seien.)

Was den Ausspruch anbelangt, den die Schwiegermutter an der von weißem Schnee bedeckten Straße tat, so ist er schriftlich nirgends überliefert.

Seltsamerweise scheint er diversen Augenzeugen, die immerhin von herzzerreißenden Klagen der künftigen Witwen zu berichten wußten, entgangen zu sein.

Der feine Pulverschnee rieselte unentwegt auf die Männer herab, die stets schon ein paar Schritte weiter zu sein schienen, als sie in Wirklichkeit waren. (»Ich könnte mir die Zunge dafür abbeißen, daß ich damals so dahergeredet habe«, erklärte die Schwiegermutter später. »Aber, wißt ihr, ich sah sie wie durch einen Schleier, und da hielt ich sie wirklich für Geister. Ich war mir sicher, daß keiner von ihnen zurückkommen würde.«)

IV

Drei Wochen später hatten sie sich verfünffacht. Sie waren weit gekommen, hatten einen ganzen Landstrich mit Dörfern und Mühlen hinter sich gelassen, aber dem Krieg waren sie noch nicht begegnet.

»Wohin geht's denn?« fragte man sie von Zäunen und Hoftoren aus.

»Immer vorwärts!«

»In den Krieg?«

»Was habt ihr denn geglaubt, zu einer Hochzeit? Aber wenn wir schon davon reden, wißt ihr vielleicht die Richtung?«

Die Antworten waren vielfältig und widersprüchlich. Manche behaupteten, der echte Krieg finde in Mittelalbanien statt, doch andere schüttelten sogleich den Kopf. In Mittelalbanien herrschte Krieg, gewiß, aber der war mit Politik vermengt, also nichts Gescheites, wie verwässerter Raki. Wenn sie einen richtigen Krieg wollten, ohne diese trüben Machenschaften, dann mußten sie an die Ränder gehen. Dort flog einem der Kopf schon weg, bevor man ein Zwinkern zustandebrachte, und die Granaten landeten im Suppenkessel, man glaubte, einen Hammelkopf zu kochen, doch in Wahrheit war es eine Kanonenkugel.

»Das könnt ihr mir glauben, Gott ist mein Zeuge.

Schau, mein Junge«, mischte sich ein anderer ein, der schon ein paar Jahre mehr auf dem Buckel hatte, »der Krieg ist wie eine Kohlroulade, da muß ordentlich Fleisch drin sein.«

»Ach, wenn wir doch nur einen Kompaß hätten«, seufzte Doska Mokrari. »Dann wüßten wir wenigstens, wohin es geht.« Alush Tabutgjati, der Unterhauptmann, warf ihm einen abschätzigen Blick zu: Laß uns doch in Ruhe mit deinem Kompaß, dir geht es doch bloß um noch mehr Posten und Titel.

Doska diente der Truppe als Fouragier und Siegelbewahrer, außerdem war er zuständig für alle Verhandlungen mit Ausländern, weil er behauptete, Holländisch zu können. Jetzt will er auch noch Kompaßbewahrer werden, schnaubte Alush, und wer weiß, mit was für einem Mist er morgen ankommt.

So marschierten sie weiter, mal nach Norden, mal nach Nordosten, wobei sie durch Gegenden kamen, in denen bereits andere Armeen umhergezogen waren, Gespenstern gleich, ohne einander je zu begegnen.

»Der Krieg ist auch nicht mehr das, was er einmal war«, sagte ein alter Mann, der in Pogradec an der Straße stand. »Heutzutage wackelt er mit dem Hintern wie eine Hure, weil sie so ein Teufelszeug erfunden haben, das sie Taktik nennen. Aber trotzdem, den alten Krieg, den guten, so wie wir ihn kennen, den wird es immer geben. Marschiert nur weiter, er kommt schon von selbst zu euch.«

Ein Stück weiter rochen die Neuigkeiten nach Schutt

und Asche. Sie kamen durch frühere muselmanische Wilajets, in die keiner von ihnen zuvor seinen Fuß gesetzt hatte. Die Rathäuser standen leer, und überall waren Schriftstücke und Akten verstreut. Viele der Papiere wurden vom Wind durch die zerbrochenen Fensterscheiben hinausgeweht, und manche Leute hoben sie auf und versteckten sie, weil man munkelte, es seien Katasterblätter, die wieder gültig würden, wenn die Ordnung erst wiederhergestellt sei. Flüchtlinge aus der Hochebene von Dukagjini, die von der serbischen Armee vertrieben worden waren, hatte man in verwaisten türkischen Kasernen untergebracht. Aus Saloniki waren Juden gekommen, die für die Ausgesiedelten Märkte abhielten, nach den ersten Räubereien aber überstürzt die Flucht ergriffen. Alles wurde gestohlen: Kuhhäute, Öl, zurückgelassene Granaten, Kerzen aus den Kirchen, mit arabischen Schriftzeichen bestickte Tücher aus den Türben, Karrenräder, Mühlräder, Mühlsteine.

Im Alten Han, wo sie eine Nacht verbrachten, einige auf der Veranda, einige im Hof, verkündete Doska, er habe vor, sich aus Kummer zu betrinken, doch Shestan verbot es ihm. Daraufhin begann Doska, ein Lied zu singen. Seine Stimme erhob sich so nadelspitz zum Himmel, daß den anderen kalte Schauder den Rücken hinunterliefen.

Aus dem Kerker komm ich heraus
und setze Bilisht in Flammen.

Shestan Verdha atmete erleichtert auf, als sie diese Gegend, die offensichtlich verseucht war, endlich hinter sich gelassen hatten.

An einem Ort, den man Grab des Räubers nannte, schloß sich ihnen die Freischar eines gewissen Nase Shmili an. Es handelte sich nur um eine Handvoll Leute, doch sie besaßen ein Feldgeschütz und ihr Hauptmann ein Fernglas. Die Vereinigungsverhandlungen waren relativ schnell abgeschlossen. Kurz hatte es so ausgesehen, als ob der Zusammenschluß an der Frage scheitern würde, wer das Kommando übernehmen sollte, doch dann ließ Doska folgende Bemerkung fallen: »Ihr habt vielleicht die Kanone und das Fernglas, aber wir haben das Siegel.« Damit war die Entscheidung gefallen: »Wenn ihr das Siegel habt, können wir allerdings nicht mehr viel einwenden.« So blieb Shestan Verdha Hauptmann, während Nase Shmili zum zweiten Unterhauptmann neben Alush Tabutgjati bestellt wurde.

Am nächsten Tag stellte sich heraus, daß sie gar nicht wußten, wie man die Kanone bediente. Beim Loch des Tauben tauchte ein gewisser Arif Skamja auf, der von sich behauptete, er sei Waffenschmied und verstünde sich auch auf die Geheimnisse eines Feldgeschützes. Er reinigte und ölte die Kanone, alles war wunderbar, doch als Shestan ihn aufforderte, einen Probeschuß abzufeuern, fing er laut zu weinen an, fiel vor dem Hauptmann auf die Knie und bat ihn flehentlich um Verzeihung, er sei ganz ahnungslos, was Waffen, und erst recht, was Kanonen anbetreffe, in Wahrheit ver-

diene er sich sein schmales Brot als einfacher Kaffee‚
mühlenschlosser, und seine Lüge sei aus nichts als Not
geboren gewesen, schließlich habe er zu Hause eine
Menge hungriger Mäuler zu stopfen.

Doska fing an, ihn zu beschimpfen, Mistkerl, Lü‚
genbeutel, Stinkstiefel, Abschaum, Spitzbube, Hunger‚
leider, worauf der andere, ohne Shestans Knie loszulas‚
sen, erwiderte: »Ja, das bin ich, ein Hungerleider und
Pechvogel, groß geworden mit Müh und Beschwernis,
ein Habenichts, der sich sauer sein Brot verdient, aber
ein Spitzbube, nein, das bin ich nicht, und auch kein
böser Mensch, seid also gnädig mit mir!«

Unter lautem Schluchzen gelang es ihm schließlich,
dem Haufen klarzumachen, daß er vielleicht nichts von
Kanonen verstand, aber sehr wohl zum Kundschafter
taugte.

Ausgerechnet Doska, von dem Mitgefühl und Nach‚
sicht am wenigsten erwartet wurden, kniff zur allgemei‚
nen Verwunderung beim Wort »Kundschafter« die Li‚
der zusammen.

»Das wird wohl gehen«, wandte er sich an Shestan,
»er hat die Augen dafür. Kundschafteraugen eben.«

So kam ganz zufällig zustande, was man als »mo‚
krarischen Geheimdienst« hätte bezeichnen können. Sie
besprachen sich, wem er unterstellt werden sollte, und
obgleich Doska bereits ein Übermaß an Verantwortung
auf sich gezogen hatte, wie durchaus nicht übersehen
wurde, blieb es doch wieder an ihm hängen, weil er
fremde Sprachen konnte, nämlich Holländisch.

Bis zum Landgut des Giauren gab es keine weiteren Zwischenfälle. Ein Stück weiter, bei der Bachversicke⸗ rung am Rande des Eulenmoors, mußten sie einiges über sich ergehen lassen. Die Dörfler standen da und starrten die Bewaffneten an, bis Doska der Gedulds⸗ faden riß und er einen von ihnen, einen untersetzten Greis, anfuhr: »Was glotzt du so, du Stöpsel, hast du noch nie ein Gewehr gesehen?« »Doch, doch, das habe ich wohl«, erwiderte der alte Mann, »aber eure kommen mir reichlich lang vor.« »Ach, so ist das also«, gab Doska zurück, »sie kommen dir lang vor. Das ist kein Wunder, wenn man nur zwei Handbreit über den Bo⸗ den ragt wie du, kommt einem alles lang vor.« Der Alte schüttelte gelassen den Kopf, und Doska wartete schon auf die nächste freche Bemerkung, doch der Greis seufzte nur tief und sagte: »Schau, mein Junge, so ist das nun einmal mit den Gewehren, entweder bringen sie andere um oder einen selbst.« »Was willst du damit sagen?« knurrte Doska ihn drohend an, bekam aber keine Antwort mehr.

Als sie dann mit ein paar anderen Dorfbewohnern ins Gespräch kamen, begriffen sie allmählich. Es ist ja schon recht, daß ihr was für Albanien tun wollt, aber da springt sowieso nichts dabei heraus, sagte im Kaffee⸗ haus des Dorfes ein runzeliger Mann, der eine schmut⸗ zige Kappe auf dem Kopf trug. Das ist, wie wenn man nichts gegen eine Handvoll Staub eintauscht, warf ein anderer ein, der an einem Sprachfehler litt.

Doska schäumte. Die Adern an seinem Hals wurden

dick wie satte Blutegel. »Sei still, Stottermaul«, brüllte er den neben ihm Sitzenden an. Und weil er merkte, daß seine Wut damit noch nicht verraucht war, ging er dazu über, das ganze Dorf zu beschimpfen. Hosenscheißer nannte er die Bewohner, kläffende Köter, Bulgarenknechte, Mistfinken und Furzer.

Mitten in der Schimpfkanonade kam Shestan dazu und holte ihn erst einmal weg. »Ich hab dir tausendmal gesagt, du sollst dich nicht mit den Leuten anlegen«, wies er ihn zurecht, doch als er den Grund für den Disput erfuhr, kam auch ihm die Galle hoch.

Ein anderer, gleichfalls kleingewachsener Greis kam ihnen nach.

»Das müßt ihr uns schon nachsehen, Hauptmann«, sagte er mit piepsiger Stimme. »Jeder muß selber wissen, was gut für ihn ist, wie man so sagt. Wir sind ein friedliches Volk. Die Flausen hat man uns schon lange ausgetrieben. Das einzige, was wir noch haben, ist der schlammige Grund hier. Deswegen sagen wir auch bodensässig, wo andere von einheimisch reden.«

Den ganzen Weg bis zur Psalmenkirche war ihre Stimmung gedrückt. »Bodensässig«, murmelte Doska vor sich hin. »Herrgott, ihr habt den Verstand verloren!«

Bei den Sieben Brunnen erwartete sie eine angenehme Überraschung: Die Frauen des Dorfes beschenkten Shestan mit einer eigenhändig bestickten Fahne. Man gab ihnen zu essen, und anstatt des üblichen »Kommt gesund wieder« wünschte man ihnen beim Abschied »Kommt mit Albanien wieder«.

Sie rechneten damit, daß Doska am Abend das Lied »Albanien, mein starker Fels« anstimmen würde, doch zur allgemeinen Verwunderung wandte er das Gesicht dem Himmel zu, als habe er eine Botschaft für die Sterne, und begann mit wehmütiger Stimme zu singen:

Ach, wenn ich nur ein einz'ges Auge hätt',
Läg meine erste Frau noch bei mir im Bett.

So war er nun einmal, der Doska, immer tat er, was man gerade am wenigsten von ihm erwartete. Erst griesgrämig wie ein alter Klepper, und dann kam er mit solchen Liedern an!

Soweit bekannt war, hatte er nie eine erste Frau besessen, ganz zu schweigen von einer zweiten, so daß man sich fragte, wodurch sein plötzliches Schmachten verursacht sein mochte.

Nase Shmilis Männer schienen das Bedürfnis zu haben, Doskas schlechte Laune zu vertreiben, denn sie sangen ein Liebes- oder Hochzeitslied nach dem anderen. Allen ging das Herz auf, als es Nase am Ende sogar gelang, Doska zum Mittanzen zu bewegen.

Die Freude legte sich jedoch am nächsten Morgen wieder, als sie feststellten, daß Bärentreiber über Nacht das Zugpferd für ihre Kanone gestohlen hatten.

Zuerst erwogen sie, das Geschütz ganz aufzugeben, da sie sowieso nichts damit anzufangen wußten, doch Nase Shmili bestand darauf, daß sie es behielten. Also nahmen sie zwei Ägypter in Lohn, die es ziehen sollten, bis ein neues Pferd gefunden war.

In der Talsenke beim Quartier der Ägypter stießen sie auf einen absonderlichen Haufen, aus dem sie nicht schlau wurden. Diese Leute behaupteten, sie seien ebenfalls für Albanien, wollten es aber nicht durch Waffengewalt und Zwang, sondern mit Lebenslust und Liebe gewinnen. Deshalb zogen sie umher wie die Hausierer, schliefen, wann und wo ihnen nach Schlaf zumute war, in Kirchen, Moscheen, unter jeder Fahne, die irgendwo flatterte, mit einem Wort, sie lebten in den Tag hinein und taten, was ihnen gefiel. Von allen Liedern, die man zu hören bekam, sangen sie die fröhlichsten. Eines davon, es war ihre Hymne, begann mit dem Vers:

Wer sterben will, soll keine Zeit vergeuden,
Doch uns behagt's, wo Hochzeitsglocken läuten.

»Ja, ja, dieses Albanien hat schon seine Launen«, sagte Doska, wobei er die Schultern hochzog und die Arme ausbreitete. »Dabei weiß keiner, was uns noch erwartet. Hoffentlich nichts Schlimmes, sonst will ich es lieber gar nicht erleben.«

Und wirklich, je weiter sie herumkamen, desto mehr gab es zu staunen. Sie lernten Dörfer kennen, in denen im April geheiratet wurde anstatt im Herbst, wie es allgemeine Gepflogenheit war. In anderen genossen Witwen ein höheres Ansehen als der Dorfälteste, oder man schimpfte auf den Sommer und verglich ihn mit einer bösen Schwiegermutter, während man den Eintritt der zärtlich »Winterlein« genannten kalten Jahreszeit her, beisehnte, die man dann zitternd und schlotternd hinter sich brachte, weil es nicht genug Feuerholz gab.

Bis zu dem Tag, an dem sich für Shestan ein eige, ner Feldstecher fand, war es oft so, daß Nase Shmili erst minutenlang den Himmel beobachtete und dann dem Hauptmann sein Fernglas mit den Worten reichte:

»Wenn man sich die Sterne dort oben anschaut, kommt einem hier unten alles so gewöhnlich vor. Sie sind wie eine Arznei, man wird ganz ruhig davon.«

Ende Juli, zu Shënepremte, stieß ein gewisser Xhe, mal Lufta zu ihnen und mit ihm noch ein anderer, der sich Hyska Shteti nannte. »Wo habt ihr denn diese Zunamen geklaut?« fragte Doska anzüglich. Die beiden schworen Stein und Bein, daß ihre Familien sie schon seit vielen Generationen benutzten, aber keiner glaubte ihnen, denn wer hieß schon »Krieg« und »Staat«, und außerdem merkte man gleich, daß sie sich selbst damit ausstaffiert hatten, so wie die Korçaren mit Perücken, wenn sie ihre beliebten Maskenbälle veranstalteten.

»Na ja«, meinte Shestan Verdha, »ob ihr sie euch frisch zugelegt habt oder schon immer damit herumge, laufen seid, ist mir eigentlich egal. Ich will bloß nicht, daß ihr damit protzt und womöglich eine Dummheit anstellt, bloß weil ihr beweisen wollt, daß ihr zu Recht so heißt. Schließlich sind wir im Krieg.«

Am gleichen Nachmittag meldete sich ein Priester, der erklärte, sich ihnen anschließen zu wollen, um, wenn einer von ihnen getötet wurde, für die Letzte Ölung zu sorgen, seine Seele Albanien zu weihen und bei nächster Gelegenheit, zum Beispiel, wenn sie in einer Ortschaft Rast machten, die Glocken für ihn zu läuten. Vor allem die Sache mit den Glocken überzeugte Shestan, und sie nahmen den Priester in ihre Reihen auf.

Als sie das Große Plateau erreichten, brummten zum ersten Mal Flugzeuge über sie hinweg.

Einigen aus Nase Shmilis Haufen fuhr der Schreck in die Glieder. Auf so etwas waren sie nicht vorbereitet, und sie wollten nach Hause zurück. Nase tobte, fuchtelte mit dem Revolver vor ihren Gesichtern herum und brüllte: »Schämt ihr euch überhaupt nicht? So eine Blamage!« Sie erwiderten: »Gut, wir haben dir versprochen, daß wir mitkommen, aber von Luftmaschinen war nie die Rede. Davon hast du uns kein Wort gesagt.«

Die Flugzeuge drehten noch eine Runde über dem Plateau, um Flugblätter abzuwerfen, dann verschwanden sie wieder.

»Die wollten gar nichts von *uns*«, stellte Shestan fest, der ihnen durch seinen Feldstecher nachschaute.

Nase Shmilis Leute beruhigten sich schließlich wieder, und von Weglaufen war keine Rede mehr.

Die Nächte wurden immer kälter. Sie schickten sich gerade an, das Plateau zu verlassen, als sie merkten, daß esadistische Banden ihnen den Weg versperrten. Nun hatten sie den Krieg also doch noch gefunden.

Als die Nacht hereinbrach, schickten sie Arif Skamja und zwei weitere Kundschafter aus. Dann fing das große Warten an. Der Himmel war stockfinster und weit und breit kein Komet zu sehen. Manchmal wehte der Wind von Trebrinja, einem stattlichen Dorf, in dem die Esadisten ihr Lager aufgeschlagen hatten, dumpfe Trommelklänge herauf. »Mir schwant nichts Gutes«, sagte Doska.

Die Späher kehrten im Morgengrauen zurück, bleich und von Kopf bis Fuß mit Lehm beschmiert, so daß man sie kaum wiedererkannte. Außerdem wirkten sie irgendwie benebelt, als hätten sie dem Opium zuge‐ sprochen. »Was habt ihr bloß, wieso schaut ihr so dumm aus der Wäsche?« brüllte Shestan sie an. Sie drucksten herum. Nun ja, es war kein kleiner Haufen, bestimmt nicht, so an die tausend Mann. Aber viel mehr nagte etwas anderes an ihnen. »Du kannst froh sein, daß dir dieser Anblick erspart geblieben ist, Hauptmann«, be‐ gann Arif Skamja schließlich zu erzählen. Er gab sich redlich Mühe, die richtigen Worte für das zu finden, was sie beobachtet hatten: Also, dort herrschte der reine Wahnsinn, die führten sich auf, als ob sie an der bösen Hitze litten, jawohl, wie sie redeten, mit den Armen fuchtelten, durch die Gegend irrten, schreckliche Lie‐ der grölten, und dann die Pauke, die ohne Unterlaß dröhnte, bum, bum, bum, und dieses »Dum Baba!«, das sie ständig kreischten, und die ganzen Hodschas, die im Lager umherliefen, von vorne bis hinten ein einziger Alptraum, Hauptmann, das kannst du mir glauben, schick mich hin, wo du willst, bloß nicht mehr dorthin, das ist die Hölle, schlimmer als die Hölle, das fährt einem in die Glieder, man wird ganz krank davon, es macht einen fix und fertig.

»Wir fallen über sie her«, schlug Alush Tabutgjati vor, »und merzen diese Pest aus!«

Shestan gab keine Antwort. Er bekam gar nicht mit, was geredet wurde, denn seine Aufmerksamkeit war von einer Zeitung gefesselt, die ihre Kundschafter vor der Tür eines Gasthauses gefunden und mitgenommen hatten.

»Er ist ganz vertieft«, sagte Doska, »laßt ihn bloß in Ruhe.«

Zum ersten Mal in seinem Leben hatte Shestan eine Zeitung in albanischer Sprache vor sich. Er ließ die anderen lärmen, setzte sich ein Stück abseits auf einen großen Stein und begann zu lesen. Schon aus den Schlagzeilen erfuhr er, daß Vlora, vor zwei Monaten noch Hauptstadt, diese Würde inzwischen an Durrës hatte abtreten müssen, daß der Prinz aus Europa nunmehr eingetroffen war, Wilhelm zu Wied mit Namen, Abkömmling eines der ältesten deutschen Fürstengeschlechter, daß der albanische Ministerpräsident, durch den das Land in die Unabhängigkeit geführt worden war, seinen Rücktritt erklärt hatte (Shestan krampfte sich das Herz zusammen), daß die nationale Armee, die von ihren Feinden als »Hollandeska« verhöhnt wurde, sich zum Kampf mit den esadistischen Banden rüstete (die von anderen Spöttern als »Türkeska« bezeichnet wurden), daß die europäischen Großmächte…

Halt, langsam, sagte sich Shestan, dem schon von

den Überschriften der Kopf zu schwirren begann. Er rieb sich die Schläfen, stieß einen lauten Seufzer aus und schloß die Augen, um sich zu sammeln. Als er sie nach einer Weile wieder öffnete, entdeckte er zwischen den durcheinanderpurzelnden Titeln und Buchstaben eine Zeichnung, die ihm bisher nicht aufgefallen war. Sie zeigte einen Operationstisch, auf dem ein Mädchen oder eine junge Frau lag. Darum herum standen Chir-urgen mit Masken vor den Gesichtern und Skalpellen oder Scheren in den Händen. Die Bildunterschrift lau-tete: »Albanien auf dem Verhandlungstisch der Groß-mächte in London«.

»O Gott, sie sind dabei, es zu zerstückeln«, mur-melte Shestan vor sich hin. Also stimmten die ganzen Schreckensmeldungen, die ihren Weg bis ins Kaffee-haus von Selishta gefunden hatten.

Er hob die Zeitung vors Gesicht, um besser erken-nen zu können, was auf der Zeichnung war. Hinter den Chirurgen lauerten seltsame Zwitterwesen, halb Mensch, halb Hyäne, mit aufgerissenen Mäulern auf für sie abfallende Brocken. Der erstarrte Blick der Frau auf dem Operationstisch ging ins Leere. Shestan konnte nur mit Mühe ein Schluchzen unterdrücken.

Er spürte, daß jemand hinter ihm stand, drehte sich um und sah, daß seine Unterhauptleute lautlos herange-kommen waren. Unwillkürlich verdeckte er die Zeich-nung mit der Hand.

»Erzähl uns etwas«, sagte Doska leise.

»He, was soll ich euch erzählen, ich hab die Zeitung ja noch gar nicht richtig gelesen«, gab Shestan zurück. Seine Stimme klang schuldbewußt. »Also, hier ist von der neuen Hauptstadt Durrës die Rede. Hört euch an, was sie schreiben: ›Eine der ältesten bekannten Städte der Menschheit, beliebter Aufenthaltsort von Julius Caesar und Augustus. Cicero pflegte hier seine Ferien zu verbringen. Durrës, einst Dyrrachium genannt, gehört mit Athen und Rom zu den ältesten Hauptstädten Europas. Die Metropolen der meisten anderen Staaten sind im Vergleich dazu halbwüchsige Kinder.‹«

»Ach, ehrwürdiges Albanien«, seufzte Doska gerührt.

»Und jetzt laßt mich in Ruhe weiterlesen«, sagte Shestan.

»Und was sollen wir mit denen anfangen?« fragte Alush, wobei er mit dem Finger in die Richtung wies, in der sich das Lager der Esadisten befand.

Shestan schaute ihn nachdenklich an.

»Die haben tausend Mann, und wir kaum hundert ... Und unsere Kanone nützt uns auch nichts ... Ich würde sagen, wir entscheiden später darüber.«

»Was gibt es da zu entscheiden?« meinte Nase Shmili. »Hundert gegen tausend, das wäre ja der reine Wahnsinn.«

»Und jetzt laßt mich endlich in Ruhe«, sagte Shestan.

Als er zu lesen fortfuhr, spürte er, wie seine Schläfen wieder zu klopfen anfingen. Er hatte gehofft, die Zeitung würde ihm helfen, die Verwirrung in seinem Kopf zu beseitigen, doch das Gegenteil war der Fall. Daß der junge Staat in großen Nöten steckte, war nichts Neues für ihn, aber er hatte keine Ahnung gehabt, wie schlimm es wirklich aussah. Alles war undurchsichtig, widersinnig, ein unauflösbares Durcheinander. Daß die serbische Armee nichts für die albanischen nationalen Streitkräfte des Prinzen zu Wied, also die »Hollandeska«, übrig hatte, konnte er noch einsehen, aber es blieb ihm völlig schleierhaft, wieso die Serben, erklärte Feinde der Türken, ein Bündnis mit den Esadisten eingegangen waren, die für den Wiederanschluß Albaniens an die Türkei stritten. Ebenso unbegreiflich war für ihn die Haltung der Franzosen, die, anders als die Österreicher, dem Prinzen jede Unterstützung verweigerten und sogar seinen Feinden beistanden, obwohl Frankreich zu den Großmächten gehört hatte, deren einträchtigem Entschluß er seine Thronerhebung überhaupt verdankte. Wie sich die Griechen, die Italiener und die Bajraktare aus dem Norden aufführten, war ebenfalls schwer zu verstehen, am allerwenigsten leuchtete ihm aber das Verhalten eines gewissen Haxhi Qamili ein, eines muselmanischen Bauern, dessen Rebellen mit der gleichen wilden Entschlossenheit sowohl gegen die nationalen Streitkräfte des Prinzen als auch gegen die Esadisten kämpften.

Shestan ließ die Zeitung auf den Boden fallen und stützte den Kopf in die Hände. Wie sollte der albanische Staat, ein Wickelkind von kaum einem Jahr, in diesem Tohuwabohu denn das Laufen lernen? Ringsum war es neblig und finster, alle trachteten danach, ihn in den Abgrund zu locken, und ständig hing ein Schwert über seinem Haupt. Und dann diese sechs mit Skalpellen und Scheren bewaffneten Chirurgen, und die Hyänen, die darauf lauerten, die amputierten Glieder zu verschlingen, und der unheildrohende Komet am Himmel, o Gott, wo sollte das ganze bloß hinführen?

In Shestan brach etwas zusammen. Ein dumpfer Zorn, den er so heftig nicht kannte, schüttelte ihn, und er spürte ein unbändiges Verlangen, alles aus sich herauszuschreien, bis das ganze Plateau davon widerhallte.

»Das ist nicht gerecht«, murmelte er, als seine Wut verraucht war und er sich nur noch ausgelaugt fühlte. Nein, es war wirklich nicht gerecht, daß ein Land, das nach fünfhundert Jahren finsterster Nacht endlich einen Silberstreif am Horizont erblickt hatte, schon wieder einem solchen Alptraum ausgesetzt war. An einem Schreck wie diesem konnte man Schaden fürs Leben nehmen.

Den ganzen Nachmittag über war Shestan in düsterer Stimmung. Als die Dämmerung einsetzte, begannen bei den Esadisten wieder die Trommeln zu dröhnen. Er mußte an die starren Augen der Frau auf dem Operationstisch denken. Der dumpfe, monotone Klang dieser Trommeln ließ sich in gewisser Weise mit dem Opium vergleichen, das einem Kranken verabreicht wurde, bevor man das Skalpell ansetzte und ihn aufschnitt.

Er gab Befehl, Feuer anzuzünden, weil ihm dünkte,

sie würden den Gestank vertreiben, der von Trebrinja heraufwehte.

Einen guten Teil der kalten Nacht verbrachten sie an diesen Feuern. Shestan starrte gerade nachdenklich in die lodernden Flammen, als Doska Mokrari direkt vor seiner Nase lauthals zu singen begann:

Zeit wär es, auf Trebrinja vorzustoßen,
Doch Hauptmann Shestan, der hat volle Hosen…

Dieser hörte sich alles an, schäumte innerlich, brachte den Sänger aber nicht zum Schweigen. Erst als Doska fertig war, sagte er:

»Das war eine gemeinsame Entscheidung. Wieso fällst du jetzt über mich her?«

Doska antwortete nicht. Er stocherte heftig im Feuer herum und vermied es, Shestan in die Augen zu schauen.

»Du bist also nicht einverstanden mit dem, was wir beschlossen haben. Willst du angreifen? Rede, Doska!«

»Nein«, antwortete Doska.

»Was, zum Teufel, willst du dann?« fragte Shestan. Seine Stimme klang belegt. Am liebsten wäre er Doska an die Gurgel gefahren wie damals im Kaffeehaus von Selishta, aber inzwischen war er Hauptmann, und da schickte sich ein so unbeherrschtes Verhalten nicht. Also schluckte er seinen Ärger hinunter und fuhr mit noch ein wenig heiserer Stimme fort:

»Sag endlich, was du willst. Warst du nun einer

Meinung mit mir, als es um den Angriff ging, oder nicht?«

»Das war ich schon«, antwortete Doska, »aber ein Lied ist etwas ganz anderes.«

»Was soll denn das schon wieder heißen? Wieso ist ein Lied etwas anderes?«

Doska blieb stur.

»So ist das eben«, sagte er und stocherte wieder im Feuer herum. Damit wollte er wohl zeigen, daß die Unterhaltung für ihn beendet war.

Alle dachten, er schäme sich für sein dreistes Benehmen, doch kaum hatte er seinen alten Platz neben Shestan eingenommen, fing er wieder mit gellender Stimme zu singen an:

> *Zu was hast du dein Gewehr, Herr Hauptmann?*
> *Trebrinja ruft uns auf zum Marsch,*
> *Doch es flattert dir der Arsch,*
> *oji, oji, oji…*

Alle starrten Shestan an. Alush Tabutgjati und Nase Shmili griffen sogar nach dem Revolver. Aber Shestan rührte sich nicht. Die Reflexe der Flammen krochen wie kleine Schlangen über sein rötliches Haar. Mit halbgeschlossenen Augen saß er da und hörte sich das Lied an. Erst, als Doska fertig war, hörte man ihn murmeln: »Recht geschieht mir!«

V

Was Shestan Verdha damit hatte sagen wollen, ließ sich nie aufklären. Er selbst verweigerte beharrlich jede Auskunft. Ebenso rätselhaft blieb Doskas Äußerung, ein Lied sei nun einmal etwas ganz anderes. Dies hinderte indessen vor allem die ausländischen Gelehrten nicht, später aus ein paar hingeworfenen Worten die tollsten Schlußfolgerungen zu ziehen: Es hätten sich unter den Kämpfern aus Mokra im Zuge der Ereignisse zwei Linien herauskristallisiert, und zwar Doskas »harte« neben der »weichen« von Hauptmann Shestan. Bei dieser Gelegenheit wurde in diversen Geschichtswerken erneut auf den bereits bekannten »kräftigen albanischen Ausdruck« hingewiesen, dessen Übersetzung man sich jedoch mit Rücksicht auf den geneigten Leser ersparen wolle. Den Vogel schoß, wie bereits erwähnt, der Holländer Dirk Stoffels ab, der bei Doska Mokraris Ausspruch an den Anus eines mit seiner Last kämpfenden Schwerathleten dachte.

Doch das erfuhren weder Shestan noch Doska, noch die anderen aus der Freischar, und zwar aus dem einfachen Grund, daß sie, als die Archive gesichtet und die Memoiren niedergelegt wurden, schon seit Jahren in der Erde moderten.

Doch kehren wir auf das Plateau zurück, das am folgenden Morgen, als sie sich zum Aufbruch rüsteten, dick mit Reif bedeckt war, der annähernd die Farbe ihrer Wollumhänge hatte. Sie stellten sich in Marsch‍ordnung auf und zogen los.

Im fahlen Licht des Morgens waren da und dort auf einsamen Winterweiden Hirtenlager zu entdecken. Um nicht hinschauen zu müssen, wandten sie ihren Blick den Wolken zu, wo es nichts gab, das sie an Haus und Hof erinnert hätte.

Sie waren schon recht weit gekommen, als Alush sich umdrehte und auf das in dichten Nebel gehüllte Plateau zurückschaute. Leise seufzte er vor sich hin und murmelte: »Ein guter Ort für ein Grab!«

Hätten Alushs Kameraden diese Worte gehört, wä‍ren sie wahrscheinlich recht verwundert gewesen, und er selbst an ihrer Stelle auch. Sein Leben lang hatte er jede Sitzgelegenheit, die man ihm anbot, erst einer einge‍henden Musterung unterzogen, weil er argwöhnte, sie könne zu klein für ihn sein oder er werde mit seinen überlangen Beinen anderen in die Quere kommen. Seit den unheildrohenden Worten seiner Schwiegermutter am Morgen ihres Abmarschs hatten sich seine Befürch‍tungen jedoch verlagert. Nun machte er sich keine Ge‍danken mehr über Sofas oder Wandbänke, sondern über sein künftiges Grab. Hatte er früher ständig mit der Angst gelebt, andere womöglich ohne Absicht mit sei‍nen Beinen zu behelligen, so schreckte ihn nun der Un‍mut benachbarter Toter, denen sein überlanges Grab im Wege war.

Das Plateau schien ihm geräumig genug, um sich ohne Sorgen ausstrecken zu können...

Doskas scharfen Sinnen wäre der angegriffene Gemütszustand des Unterhauptmanns gewiß nicht entgangen, hätte ihn nicht immer noch Shestans ungewohntes Betragen beschäftigt.

»Der schaut in 'ne Zeitung und wird blaß wie einer, der sich gerade verguckt hat«, sagte er zu Xhemal Lufta, der neben ihm ging. »Was wär wohl erst, wenn er auch noch Bücher lesen und Fremdsprachen lernen würde?«

»Na ja, da kann man nichts machen«, gab Xhemal Lufta zurück, der nicht verbarg, daß ihm dieses Gesprächsthema unangenehm war. »Und du, Doska, schwirrt dir eigentlich nicht der Kopf von den vielen ausländischen Wörtern, die du kennst?«

»Das ist bloß am Anfang so, später gewöhnt man sich daran«, erwiderte Doska.

Durch die lange Marschkolonne gingen immer wieder Wellen der Unruhe, die den Kontraktionen einer großen Schlange glichen. Sie hatten Arif Kallauzi (so rief ihn inzwischen jeder) neulich zum Kundschaften ausgeschickt, doch von ihm fehlte schon eine Weile jedes Lebenszeichen. Auch von Tod Allamani und Cute Bënja, die fünfhundert Schritte vor der Kolonne gingen, kam kein Signal. In einer vertraulichen Besprechung, die Shestan am frühen Morgen mit den beiden Unterhauptmännern und dem Siegelbewahrer Doska (unter allen seinen Titeln galt dieser offenbar als der wichtigste) abgehalten hatte, war entschieden worden, die Landstraße zu benutzen, die in einem weiten Bogen um das Lager der Esadisten herumführte. Wenn sie uns nichts tun, tun wir ihnen auch nichts, lautete die Parole. Doch wenn sich die anderen die kleinste Frechheit herausnahmen, setzte es Zunder, dann brauchte keiner mehr auf den Angriffsbefehl zu warten.

Shestan, der eine schlaflose Nacht verbracht hatte, nützte die Gelegenheit, um die anderen in groben Zügen über die Ergebnisse seiner Zeitungslektüre zu informieren. Gemeinsam fragten sie sich: Zu wem sollte man in diesem Durcheinander halten, und gegen wen? Einstweilen schien es noch zu früh, sich festzulegen, soweit waren sie sich einig. Folgten sie ihrem Herzen, mußten sie sich den nationalen Streitkräften anschließen, und wahrscheinlich hätten sie dies auch getan, wären da nicht die holländischen Offiziere gewesen. Außerdem, dieser ausländische Prinz! Konnte man sich einen Deutschen auf dem Thron Albaniens vorstellen? Kaum. Wahrscheinlich hatte der albanische Ministerpräsident aus diesem Grund sein Amt aufgegeben. An ihm wollten sie sich ein Vorbild nehmen: nichts gegen die nationalen Streitkräfte unternehmen, aber auch nicht mit ihnen zusammenarbeiten. Sie waren bereit, die Esadisten, den wichtigsten Gegner der Nationalarmee, ohne jeden Vorbehalt zu bekämpfen, aber für die »Hollandeska« konnten sie sich nicht erwärmen. Was die ausländischen Truppen anbelangte, sahen sie vor allem in den Bundesgenossen der Esadisten und, an zweiter Stelle, in den Verbänden der Nachbarländer ihren Feind. Von den übrigen Armeen, die aus weit entfernten Regionen kamen, mußte man sich erst noch ein klares Bild verschaffen: Hatten sie wirklich im Sinn, zwischen den Kampfparteien in Albanien zu vermitteln, oder wollten sie nur in hinterlistiger Absicht Öl ins Feuer gießen?

»Also, das haben wir jetzt gemeinsam beschlossen«, beendete Shestan Verdha die Beratung. »Es soll hinterher bloß keiner kommen und sagen, daß es ihm nicht paßt und er was anderes will.«

Doska saß die ganze Zeit mit mürrischem Gesicht da, sehr zum Befremden seiner Kameraden, die eher Shestan das Recht auf eine solche Miene zugestanden hätten, aber so ist er nun einmal, der Doska, dachte jeder, man kann ihn halt nicht ändern.

Tod Allamani gab ein unverständliches Zeichen, und die Vorhut machte halt.

»Was soll denn das für ein Zeichen sein?« beschwerte sich Shestan. »Solche Zeichen haben wir nicht ausgemacht. Schließlich sind wir noch bei Verstand.«

Gleich darauf tauchte Arif Kallauzi auf, der kaum wiederzuerkennen war. Brummig wie ein alter Bär hatte er sich auf den Weg gemacht, und kreuzfidel kam er zurück.

»Die Esadisten sind weg«, verkündete er atemlos. »Die Straße ist frei bis zum Kuckuckswald.«

Sie brachen unverzüglich auf und gelangten ohne Zwischenfälle bis nach Trebrinja, wo die Esadisten an allen Ecken ihre Spuren hinterlassen hatten: erkal tete Feuerstellen, Hammelknochen und einen am einzigen noch senkrecht stehenden Telegrafenmasten aufgeknüpften Lehrer.

Im Weiler Okështun waren sämtliche Fenster und Türen verrammelt. Doska pochte heftig gegen ein Hoftor, bis von drinnen eine Stimme erklang:

»Für wen seid ihr?«

»Für Albanien natürlich«, rief Doska, »für wen, zum Teufel, sollten wir auch sonst sein?«

»Das behaupten alle, und hinterher will es keiner ernst gemeint haben.«

»Halt's Maul, du Kröte. Sag mir lieber, ob es hinter eurem Dorf Bewaffnete gibt.«

»Hinter dem Dorf sind die Franken, Aga«, antwortete die Stimme.

Die Nachricht, daß die Franzosen jenseits des Weilers standen, verbreitete sich wie ein Lauffeuer.

Auch das noch, dachte Shestan.

Es wäre ihm lieber gewesen, ihre Wege hätten sich erst später gekreuzt, in einer etwas übersichtlicheren Situation. Aber es ging wohl nicht anders, er mußte sich schon jetzt mit den Franzosen einlassen, zumal dieser Verrückte sonst bestimmt herumkrakeelte: Du hast wohl schon wieder die Hose voll, jetzt, wo es gegen die Franken geht?

Er war noch am Überlegen, als gemeldet wurde, die Franzosen kämen mit einer weißen Fahne an.

»Sie ergeben sich! Gütiger Gott, sie wollen sich ergeben!« rief eine schrille Stimme.

Shestan war nicht wohl in seiner Haut. Ringsum herrschte fröhliche Neugier. Aller Augen waren auf die beiden Franzosen gerichtet, von denen einer tatsächlich eine weiße Fahne in der Hand hielt. Nur Shestans Miene blieb ernst. Er wußte selbst nicht, warum, aber er traute dieser weißen Fahne nicht. Noch weniger gefielen ihm die lächelnden Gesichter der Franzosen, als sie, nachdem sie sich zum Kommandanten durchgefragt hatten, grüßend vor ihm die Hacken zusammenschlugen.

Der Hauptmann schaute sich nach Doska um, doch dieser war nirgends zu entdecken. So wandte er sich in kühlem Ton an die Fremden:

»Was wollen Sie?«

Er staunte nicht schlecht, als einer der Franzosen gleichfalls auf albanisch antwortete:

»'err französisch Commandant woll treff 'err albanisch Commandant. 'err französisch Commandant erwart 'err albanisch Commandant su sprech.«

In dem kurzen Moment, den er wortlos dastand, ging Shestan alles mögliche durch den Kopf: daß sie ihn in Sicherheit wiegen wollten, daß sie wahrscheinlich keine bösen Absichten hegten, daß es sich um eine Falle handelte, daß dies ein Vorteil für sie war, ein Nachteil, ein Sieg, eine Niederlage, absoluter Wahnsinn.

Shestan wußte, als er den Mund öffnete, noch nicht, wie seine Antwort ausfallen würde. Später, als die Franzosen weg waren, mußte er sogar bei Alush und Nase Shmili nachfragen: »Wie ist das nun, habe ich tatsächlich zugesagt?«

Die beiden schauten ihn verdutzt an.

Eine Stunde später übergab er das Kommando an Alush Tabutgjati, forderte Cute Bënja und Doska Mokrari zum Mitkommen auf (letzterer flüsterte Hyska Shteti noch ein paar Anweisungen ins Ohr, bevor er ihm das Siegel anvertraute; wahrscheinlich wieder dieser Spionagekram, sagte Tod Allamani später nicht ohne Neid), und dann machten sich die drei auf den Weg zu den Franzosen.

Der französische Kommandant empfing sie vor seinem Zelt, das am Rande eines Wäldchens stand. Von ein paar schlanken, zerbrechlich aussehenden Pappeln regneten ständig Blätter herab. Die Militärmütze verlieh dem kantigen Gesicht des Franzosen einen Ausdruck sturen Eigensinns, der im Widerspruch zur Lebhaftigkeit und Eleganz seiner Bewegungen stand.

Schon bei den ersten Worten begriff Shestan, daß man ihnen vorschlug, sich mit den französischen Truppen zu verbünden.

»Zu wem haltet ihr?« unterbrach Shestan den Offizier, als dieser gerade die uneigennützige Bereitschaft Frankreichs bekundete, zur Beruhigung der Lage auf dem Balkan beizutragen.

»Wie?« fragte der Offizier und zog die Brauen hoch.

»Ich wollte wissen, zu wem ihr haltet«, fuhr Shestan fort. »Es heißt, daß Frankreich wie die Russen den Serben und ihren Schoßhündchen, den Esadisten, beisteht. Das hat mir, ehrlich gesagt, nicht gefallen.«

Hüstelnd wiegte der Offizier den Kopf. Er verzog das Gesicht zu einem Lächeln, breitete gleichsam in hilfloser Reaktion auf einen Gedanken, den er unausgesprochen ließ, die Arme aus und warf dann den Kopf in den Nacken. »Wir wollen offen reden, Monsieur.«

Das offene Reden bestand aus einer Litanei von Klagen über Österreich-Ungarn, in dem die Albaner seiner Meinung nach zu Unrecht einen Freund und Fürsprecher sahen. Das sei alles Verstellung, in Wahrheit versuche man nur, die verworrene Lage zur Beförderung der eigenen Interessen auszunutzen. Herr Shestan, der legendäre Kommandant, möge doch bitte nicht auf das Geschwätz der Österreicher hereinfallen und glauben...

Wie tags zuvor auf dem Plateau spürte Shestan einen fast unerträglichen Druck auf den Schläfen. Ich will mir das nicht länger anhören, stöhnte er innerlich, ich habe genug davon. Er fühlte sich ausgelaugt, zermürbt, und wer weiß, wie alles geendet hätte, wäre ihm nicht Doskas Ellenbogen in die Rippen gefahren.

»Hörst du?« murmelte der Siegelbewahrer.

»Was?« fragte Shestan zurück.

»Der benutzt unflätige Ausdrücke, und dieser Halunke übersetzt sie nicht.«

»Was es gibt?« wollte der französische Dolmetscher wissen.

»Nichts«, antwortete Shestan.

Der Offizier redete weiter, und Doska stieß Shestan wieder den Ellenbogen in die Seite.

»Hast du gehört? Er hat schon wieder dieses ›wul‹ lewu‹ gesagt.«

»Ja, ich hab's gehört«, antwortete Shestan. »Es war schon das dritte Mal.«

»Was ist?« fragte der französische Dolmetscher.

»Das ist wie ›vili‹vili‹, du weißt schon, wie man bei uns zu dieser unanständigen Sache sagt«, flüsterte Doska.

»Schau einer an!«

»Vous voulez...«

»Genug«, fiel ihm Shestan ins Wort. Seine Hand fuhr zum Revolverknauf.

Dann trat ein, was die Forscher später »une inter‹ ruption un peu étrangère« nennen sollten, nämlich der so unvermittelte wie unerklärliche Abbruch der Ver‹ handlungen. In den Kommentaren zu Band XIV der *Actae diplomatica* wurde er auf »die bedauerliche Un‹ möglichkeit, eine geeignete Formel zu finden«, zurück‹ geführt. Im österreichischen Lager, wo man offenbar alles wußte, was sich bei den Franzosen abspielte, be‹ wertete man den Vorgang hingegen als »Ausdruck der tiefen Empörung der tugendhaften albanischen Kämp‹ fer über eine Offerte des französischen Kommandanten, sich nach Abschluß der Gespräche gemeinsam bei den Huren des nahe gelegenen Bordells zu vergnügen, was insofern glaubhaft ist, als die lockeren Sitten der Fran‹ zosen ja hinreichend bekannt sind«. Die gleiche Er‹ klärung fand sich auch im *Dagboek van een officier,* mit dem einzigen Unterschied, daß anstatt von »Huren«

von »Liebesdienerinnen« gesprochen wurde, gefolgt von einer ausführlichen, durchaus schmeichelnden Beschreibung der Reize dieser »islamischen Geishas«, was von einem deutlichen Mangel an Abscheu des Autors jenen Damen gegenüber zeugte.

Als sich zwei Tage später österreichische Unterhändler an einem Ort namens »Drei Gräber« einfanden, wo die Mokraren ihr Feldlager aufgeschlagen hatten, offenbar mit dem gleichen Anliegen wie die Franzosen, hinkten die Verhandlungen von Anfang an. Shestan hatte nämlich »unvermutet die zersetzende Frage« gestellt, ob die Österreicher wirklich Mitleid mit Albanien hätten oder ob sie nur die verworrene Lage zur Beförderung ihrer eigenen Interessen auszunutzen versuchten. Eine völlige Lähmung der Gespräche war die Folge. Der Autor der *Wegbeschreibungen* vermutet in seinem Buch, der Fehlschlag hätte sich vermeiden lassen, wenn der betreffende österreichische Offizier ein klein wenig ausgekochter gewesen wäre. Leider scheint er jedoch gewaltige Scheuklappen getragen zu haben, was sich schon daran zeigte, daß er seine Ausführungen mit den unseligen Worten begann: »Sie sollten bedenken, meine Herren, daß Begriffe wie ›Mitgefühl‹ im Umgang von Staaten untereinander nichts zu suchen haben«, was Shestan zu der eher müden als schroffen Erwiderung veranlaßte: »Das reicht. Ich will nichts mehr hören.«

Fraglos rief bereits dieser Wortwechsel eine heftige Abkühlung hervor, doch das endgültige Scheitern

der Verhandlungen bewirkte erst ein schwerwiegen-
des Mißverständnis diesmal auf österreichischer Seite,
welches offenbar darauf beruhte, daß Doskas Ausspruch »Ein bißchen was verstehen wir auch, wir haben
schließlich Schlangensaft getrunken« nicht nach dem
Sinn (Wir haben aus unseren schlimmen Erfahrungen
gelernt), sondern wörtlich ins Deutsche übersetzt worden war.

Dieser nebelige Spätnachmittag, als Teile des Him-
mels, schwarz und schwer vom Regen, abwechselnd
links und rechts auf den Horizont herabsackten und
Shestan in trüber Laune dastand, um das eindrucksvolle
Naturschauspiel zu beobachten, genau wie in einigem
Abstand Nase Shmili, der allerdings wie in den vielen
Nächten, in denen er vergeblich nach dem Kometen
Ausschau gehalten hatte, sein Fernglas zum Himmel gerichtet hielt, während noch ein Stück weiter der Priester
Stilian murmelte: »Herr, halte deine schützende Hand
über Albanien«, dieser Nachmittag also, der so leer war
wie eine Wöchnerin nach erlittener Fehlgeburt, wurde
von den Kundigen später mehrheitlich als »Ende der
Phase der Diplomatie« und Beginn dessen betrachtet,
was als »Mokra im Zorn« beziehungsweise »der wü-
tende Mühlstein« (womit auf das heftige Anrollen und
die ungestüme Fortsetzung des Marsches angespielt
wurde) in die Geschichte einging oder, in einer weniger
zurückhaltenden holländischen Lesart, als »totaal oorlog«, der »totale Krieg«.

Dirk Stoffels formulierte es am Ende eines der Kapitel seines Buches folgendermaßen: »Mißtrauisch, von allen enttäuscht, waren sie bereit, jedwedem den Krieg zu erklären, sogar sich selbst.«

VI

Die diversen bewaffneten Verbände befanden sich ständig in Bewegung. Obgleich die Truppenver-schiebungen, wie alles in diesem Jahr, auf das einge-hendste untersucht wurden, obgleich man, wo es Un-klarheiten gab, beteiligte Diplomaten und Offiziere, spektakulär mit allen Chiffren und Codes zur Gegen-partei übergelaufene Spione, Psychiater und sogar mu-selmanische Gelehrte (der Grund dafür sollte sich erst später erweisen) befragte, obgleich man, wie es sich für jede ernsthafte Forschertätigkeit gehört, zwecks genauen Nachvollzugs der Märsche auf militärisches Kartenmaterial und vieles andere Beweismaterial zu-rückgriff, etwa zurückgebliebene, mit allen möglichen Aufschriften versehene Bretter, Minenwarnschilder, Funde aus aufgegebenen Schützengräben, Ruinen, im Schlamm steckengebliebene Geschütze, ergab sich kein vernünftiges Bild. Oder um es noch deutlicher zu sagen: Die meisten Truppenbewegungen erwiesen sich als un-verständlich, sinnlos oder sogar komplett verrückt.

Vor diesem Hintergrund könnte man die wieder-holte Erwähnung des heulend umherstreifenden Hunde-rudels in den *Wegbeschreibungen* als ironische Anspielung auf die Systemlosigkeit der Feldzüge verstehen, hätte der Autor die betreffenden Auf- und Abmärsche nicht in ungemein wuchtigen, fast feierlichen Farben gemalt, die für Kritik oder Ironie keinen Raum ließen.

In der vorletzten Novemberwoche nahmen die Franzosen im Norden der »Autonomen Republik Korça« eine ganz und gar rätselhafte Verlagerung ihrer Kräfte vor. Für den so mysteriös erscheinenden Vorgang gab es allerdings eine ganz einfache Erklärung: Die Vorhut hatte sich verirrt, was an dem schlechten Französisch und der undeutlichen Aussprache eines vietnamesischen Meldegängers lag.

Durch die fieberhaft vollzogene Verschiebung der französischen Truppen in Verwirrung versetzt, änderten die nicht weit davon entfernt befindlichen österreichischen Streitkräfte, die eigentlich nach Mittelalbanien unterwegs waren, überstürzt die Richtung ihres Marsches, wobei sie einen Teil ihrer mit Munition beladenen Fuhrwerke in einem Morast zurücklassen mußten, der sich plötzlich vor ihnen aufgetan hatte. Aber was das Ärgerlichste war: Der Abmarschbefehl erfolgte just in dem Augenblick, als es den österreichischen Einheiten unter großen Anstrengungen endlich gelungen war, die gute Hälfte der esadistischen Banden einzukesseln. Wie später zu erfahren war, hatte man das Ende des Fastenmonats Ramadan ausnutzen wollen. Der ganze Schlachtplan war auf diesem langen Fasten der fanatisch religiösen Esadisten oder besser auf ihrer durch mangelnde Nahrungsaufnahme verursachten Entkräftung und Desorientierung errichtet gewesen. Danach hatte man sogar den Umfang der Kräfte ermittelt, die genau

in dem Moment attackieren sollten, als der letzte Hun-
gertag vorüber war, damit dem Gegner vor Schreck
buchstäblich der Bissen im Halse steckenblieb.

Allah in seiner unermeßlichen Güte hat uns erret-
tet, frohlockten die Esadisten, als sie mitbekamen, was
geschehen war, während sich der österreichische Kommandeur in einem Telegramm an das Hauptquartier
über die vertrottelten Stabsoffiziere beschwerte, die alles
verpfuschten, weil sie in der *Encyclopædia Britannica* her-
umblätterten, anstatt bei vertrauenswürdigen muselmanischen Gelehrten genaue Angaben über die religiösen
Feste einzuholen.

»Bei Allah, was für Einfaltspinsel«, freuten sich derweilen die Esadisten. »Wissen noch nicht einmal über
den Fastenmonat Bescheid?«

Trotz der Vielzahl von Spionen, die man bei den
Esadisten eingeschleust hatte, war es überaus schwierig,
sich auf deren Marschpläne einzustellen. Nicht, daß sie
ein Geheimnis aus ihnen gemacht hätten. Es schien einfach keine zu geben. Die Ortswechsel der einzelnen
Haufen waren bedingt durch spontane Einladungen
von Derwischklostervorstehern an ihnen bekannte Ban-
denführer, durch alte Streitigkeiten unter diesen, durch
die dunklen Machenschaften des Mufti von Tirana, der
gänzlich undurchsichtige Beziehungen zu Esad Pascha
unterhielt, und vor allem durch die Prophezeiungen von
Hançe Hajdija aus Peza e Madhe, einer jungen muselmanischen Hellseherin, die geweissagt hatte, Albanien werde durch die schrecklichen Qualen, die ihm

noch bevorstünden, etwa auf die Größe einer Apfelsine schrumpfen.

Kaum weniger merkwürdig war, wie sich die griechischen und italienischen Truppen verhielten. Sie wichen einander nicht von der Seite. Offenbar warteten die verunsicherten Kommandeure auf Instruktionen aus den heimatlichen Hauptquartieren. Man wußte von Verhandlungen zwischen Italien und Griechenland, aber noch war nicht absehbar, was dabei herauskommen würde, ein Bündnis oder nur gegenseitige Neutralität.

Allerdings stellte Uk Bajraktaris Nordarmee, was den Mangel an Stringenz der von ihnen unternommenen Manöver anbetraf, alle anderen in den Schatten. Während der ganzen ersten Novemberhälfte rührte sie sich nicht vom Fleck, um dann Mitte des Monats in hektische Betriebsamkeit zu verfallen. Die Hast und Regellosigkeit der Positionsveränderungen erreichte ein solches Ausmaß, daß das Chaos der anderen im Vergleich dazu wie der Inbegriff von Ordnung wirkte. Natürlich beschäftigten sich die Forscher intensiv mit diesem Thema, doch obwohl man alle möglichen Experten, ja sogar Psychiater und greise albanische Rhapsoden zu Rate zog, gelang keine Erhellung, bis endlich der albanische Franziskanerpater Vinçens Marku eher zufällig herausfand, daß alles auf ein von den Österreichern verlorenes Meßtischblatt zurückzuführen war, das Uk Bajraktaris Leute zufällig auf der Straße gefunden hatten. Diese Karte übte offenbar eine geradezu magische Wirkung auf sie aus. Jedenfalls begannen sie ihr

zu folgen und vollzogen auf diese Weise längst der Vergangenheit angehörende und durch ganz andere Umstände bedingte Märsche einer fremden Armee nach.

Man hielt die Erklärung des Franziskaners für aus-
reichend, allerdings mit einer kleinen Ergänzung. Märsche, die auf der Fährte von Geistern unternommen
worden waren, mußten zwangsläufig unvernünftig erscheinen, doch das extreme Ausmaß der Verirrungen
wäre ohne den äußerst freizügigen Umgang von Uks
Leuten mit den ihnen weitgehend unbekannten topo-
graphischen Zeichen nicht vorstellbar gewesen.

Die Armeen, freien Verbände und bewaffneten
Haufen standen auf so engem Raum zusammen, daß
sich jede Regung einer Partei sofort auf die anderen
übertrug. Es war, als griffen die Zahnräder einer Trans-
mission ineinander, so daß der ganze Mechanismus stets
in Bewegung blieb.

Die serbischen Truppen hielten sich eine Zeitlang
abseits, was jedoch nur darauf zurückzuführen war, daß
bei ihnen das Fleckfieber wütete. Die Spuren gelöschten
Kalks, die sie überall hinterließen, wurden anfangs für
verhängnisvoll gehalten, weil sie die Marschrouten be-
zeichneten und außerdem hohe Verluste an Menschen
verrieten, erwiesen sich aber alsbald als ein großer Vorteil. Die Feinde der Serben zeigten nämlich keinerlei
Verlangen, ihnen zu folgen, ja, sie machten sogar einen
großen Bogen um die weißen Flecken, als markierten sie
die Grenze der Hölle. Das war so auffällig, daß einige
österreichische Offiziere sich zu fragen begannen, ob es

die Seuche in der serbischen Armee überhaupt gab oder ob sie nur eine schlau ersonnene Legende war, um die Verfolger abzuschütteln. Dieser Verdacht blieb nicht ohne Folgen. Als sich Tur Kursaris Leute nämlich ein paar Wochen Ruhe zu verschaffen versuchten, indem sie um ihr Feldlager in Mamurras herum Kalk verschütteten, ließen sich die österreichischen Truppen nicht täuschen, sondern unternahmen einen Überraschungsangriff, der zur Vernichtung des Gegners führte.

Die Kommandeure der rivalisierenden europäischen Kontingente begriffen sehr rasch, daß es bei diesem in der Geschichte des Erdballs einmaligen Gedränge sehr viel schwerer war, die harmlosen Drohgebärden zu realisieren, die ihnen befohlen worden waren, als den offenen Schlagabtausch zu suchen. Doch es blieb ihnen nichts anderes übrig, als den Anweisungen aus ihren Hauptstädten zu folgen. Sie beobachteten einander, ohne sich vom Fleck zu rühren, und taten so, als nähmen sie die Freischaren und Banden, die ihnen wie Spinnen vor den Füßen herumkrabbelten, überhaupt nicht wahr. Die Offiziere hielten sich zu ihrer Zerstreuung Beischläferinnen aus dem Zigeunervolk, und obwohl sie merkten, daß man ihnen Konserven stahl, konnten sie nichts dagegen unternehmen. Der österreichische Kommandeur zitierte beim Anblick der Schneefelder, die mit zunehmender Kälte immer weißer wurden, den bekannten Satz: Wenn schon das Salz fault, was soll man dann erst vom Fisch erwarten.

Gelegentlich tauchte die französische Fahne im Okular seines Fernrohrs auf, kaum zweihundert Schritte vom schwarzen Doppeladler des albanischen Staates entfernt. Alles hielt so schamlos Nachbarschaft, daß die Offiziere an manchen Tagen das Gefühl hatten, bei einigermaßen konzentriertem Hinschauen lasse sich von einem Hügel aus mit bloßem Auge das wahrnehmen, was man gemeinhin als »große Politik« bezeichnete. Doch wenn dann der nächste Morgen graute, verschwamm alles wieder im trüben Dämmerlicht.

Daß die österreichischen, französischen, italienischen und albanischen Streitkräfte jedem Scharmützel untereinander aus dem Weg gingen, obwohl sie sich gegenseitig nicht ausstehen konnten, war allgemein bekannt. Etwas anders sah es mit den Heeren der Albanien benachbarten Länder aus, denen die Nationalarmee gelegentlich Gefechte lieferte, jedoch keineswegs so verbissen wie den esadistischen Banden. Sie hatte mehrere Versuche unternommen, die Gegner ihres Gegners, also die mit den Esadisten bis aufs Blut verfeindeten freien Verbände des Haxhi Qamili, für sich zu gewinnen, doch vergeblich. Wie es hieß, hatte Prinz Wilhelm zu Wied eine schlaflose Nacht verbracht, weil ihm partout nicht in den Kopf gehen wollte, weshalb Haxhi Qamili, der nicht nur Esad Pascha, sondern auch die Serben erbittert haßte, ihm das Bündnis verweigerte.

Zwei Tage, nachdem der Fürst aus unerfindlichen Gründen zur festen Überzeugung gekommen war, unter dem Druck der Esadisten könne der muselmanische Rebell gar nicht anders, als sich auf seine Seite zu schlagen, nahm dieser in einem arglistigen Hinterhalt zwei Offiziere der »Hollandeska« gefangen, hielt persönlich über sie Gericht und streckte die Unglücklichen, nachdem er mit den rätselhaften Worten »Der Herr möge ihnen vergeben, der Tod möge sie annehmen« das Verfahren beendet hatte, mit einem Maschinengewehr nieder.

»Bitte fragen Sie erst gar nicht nach Haxhi Qamilis Beweggründen, mein Fürst«, sagte Hofmarschall von Trotha. »Man hat uns soeben unterrichtet, daß er aus dem Irrenhaus entsprungen ist, wo man ihn in Eisen hielt.«

Doch nicht nur Haxhi Qamilis Verhalten war unerklärlich. Uk Bajraktaris in schwarzen Filz gewandete Nordarmee zum Beispiel konnte nach einem so überraschenden wie erbitterten Aufeinandertreffen mit den Montenegrinern absolut nicht verstehen, weshalb ihnen die Serben, die sie aus irgendwelchen Gründen für ihre Verbündeten hielten, nicht nur jede Unterstützung verweigerten, sondern überdies auch noch mit einem Ultimatum drohten. Zutiefst enttäuscht und durch das Wort »Ultimatum«, das er für ein unter Homosexuellen gebräuchliches Schimpfwort hielt, schwer beleidigt, zog sich Uk Bajraktari mit seinen Leuten nach Osten zurück, und zwar just zur gleichen Zeit, als aus den Alpenschluchten das Heer des Fürstentums Mirdita hervordrang, das sich bisher aus allem herausgehalten hatte. Aus unbekannter Ursache gerieten beide Parteien heftig aneinander. Da die Streithähne offenbar kein Interesse an Zeugen hatten, verschwanden sie kurz darauf von der Bühne und trugen ihren Zwist fortan in abgeschiedenen Gebirgsgegenden aus, in denen sie verschollen blieben, so daß niemand je erfuhr, wie ihr Kräftemessen ausging.

Auch das Häuflein der Mokraren, dieses zarte Gebilde aus Reif, wurde in den gefräßigen Strudel hineingezogen. In Konkurrenz zu den knarrenden Fuhrwerken, dem schweren Kriegsgerät und den krepierten Pferden der anderen erregte ihr Zug anfangs nicht viel Aufsehen, doch wurde er früher wahrgenommen, als man hätte annehmen sollen. Seit dem Aufenthalt auf dem Großen Plateau, vielleicht sogar schon seit der Rast bei den Fünf Brunnen war es üblich geworden, die Stationen ihres schlichten Feldzugs mit Kreuzen auf den Landkarten zu markieren. In einem Rapport des österreichischen Feldkommandos, der aus jener Zeit stammen dürfte, wurde das Hauptquartier davon unterrichtet, daß eine neue Freischar reichlich merkwürdig gekleideter albanischer Kämpfer auf der Bildfläche erschienen sei. Besonderes Interesse weckten ihre ungewöhnlichen Schuhe, deren Spitzen nach oben ragten wie die Schnäbel von Wikingerschiffen und überdies mit roten Bommeln versehen waren, die man für kleine Feuer hätte halten können, wären sie nicht nach Einbruch der Dunkelheit für das menschliche Auge unsichtbar geworden.

So stand es in den Berichten. Derweilen wurden

von unermüdlicher Hand immer mehr Kreuze auf die Karten gemalt. Keinem wurde das seine verweigert. Selbst der Tod hätte nicht akkurater zu Werke gehen können.

VII

Die ersten, die ums Leben kamen, waren Cute Bënja, Llazi Mandili aus Bilisht, sein Vetter Gjergjan, Stefan Vaja und Aleks Belshi aus Pogradec und mit ihnen auch der Unterhauptmann Nase Shmili. Sie alle fielen binnen einer Stunde in einem Hinterhalt der Esadisten und Serben in der Nähe der Herberge »Zum zwiefachen Robert«.

Wie der Hinterhalt zustande gekommen war und von wem die Information stammte, daß die Mokraren dort vorbeikommen würden, ließ sich niemals aufklä‐ ren. Was die geheimnisvolle Person betraf, die am frü‐ hen Morgen mit einem Stück Holzkohle die Worte »Es lebe Prinz zu Wied, Fürst von Albanien« auf das Gast‐ haustor geschrieben hatte, gab der Wirt an, er habe den Vorfall sehr wohl bemerkt und sich sogar noch gefragt, welcher Verrückte direkt unter der Nase der Esadisten einen solchen Spruch auf seine Tür schrieb. Er sei so‐ gleich einen Lappen zum Abwischen holen gegangen, um möglichen Ärger zu vermeiden, doch just in diesem Moment seien unerwartet zwei holländische Offiziere aufgetaucht. Aus Furcht vor den Holländern habe er darauf verzichtet, sein Vorhaben auszuführen, und sei mit dem Lappen in der Hand stehengeblieben. Schließ‐ lich komme es auf dasselbe heraus, ob die Esadisten einen anbrüllten, weil man es zugelassen hatte, daß der Name des »verfluchten Prinzen« auf das Tor der Herberge geschrieben wurde, oder ob man sich die lautstarken Vorhaltungen der beiden Offiziere anhören mußte, weil es einem eingefallen war, des Prinzen Namen abzuwischen.

Nach eigener Aussage war der Wirt davon ausgegangen, es werde schon seinen Grund haben, daß solche Dinge an eine Tür geschrieben wurden, während gleichzeitig holländische Offiziere ungeniert zwischen den Esadisten herumliefen. Offenbar hatten sie am Ende doch noch Frieden miteinander geschlossen, und das Gerücht stimmte, dem Prinzen sei ein Brief der Esadisten zugegangen, in dem sie sich seinem Befehl zu unterwerfen versprachen, wenn er nur eine Bedingung zu erfüllen bereit sei, nämlich die, sich beschneiden zu lassen. Eigentlich, so der Wirt, sei ihm ein Eingehen des Prinzen auf diese Forderung recht unwahrscheinlich vorgekommen, doch habe in diesem Augenblick nun einmal alles dafür gesprochen, daß die Vereinbarung zustande gekommen sei.

Der Wirt war in seinem Eindruck noch dadurch bestärkt worden, daß die holländischen Offiziere gemütlich auf der Veranda des Gasthauses Platz genommen und etwas zu trinken bestellt hatten.

Auch Arif Kallauzi, der als Hoxha verkleidet vorbeigekommen war, hatte sowohl die mit Holzkohle an das Tor geschriebenen Worte als auch die beiden sich in ihrer Muttersprache unterhaltenden Offiziere entdeckt und war unverzüglich zu den Seinen zurückgekehrt, um ihnen zu melden, vor ihnen stünden Abteilungen der nationalen Streitkräfte, man könne also ohne Bedenken weitermarschieren.

Trotzdem blieb Shestan, als der Trupp sich der breiten Landstraße näherte, hinter der das Landgut der Dame begann, unvermittelt stehen. Vielleicht war es das Wiehern des Pferdes, das sie vor die Kanone gespannt hatten, oder auch nur eine böse Vorahnung, das hätte er selbst nicht zu sagen vermocht, jedenfalls lief ihm ein kalter Schauder über den Rücken. Die anderen blieben ebenfalls stehen und schauten eine Weile lang schweigend auf den morschen Zaun des Landguts, die feuchten Heuschober und ein umgekipptes Fuhrwerk, das den Ort noch unbelebter wirken ließ. Ein Stück weiter, den Maisspeichern gegenüber, befand sich das ehrwürdige Gasthaus mit seiner altersschwarzen Veranda unter den angerotteten Dachbalken. Weit und breit war kein Mensch zu sehen.

Warum ist es hier bloß so still? wollte Shestan fragen und beschwor damit gleichsam selbst das Unglück herauf, denn hinter den Heuschobern begannen Gewehre zu knattern.

Cute Bënja stürzte genau vor Shestans Füße. Blut quoll aus seinem Hals. Jemand in ihrem Rücken kreischte Schmähungen, doch dann wurde das Geschrei von Gewehrsalven übertönt. Alles erstarrte, versteinerte, und die Zeit zersprang in tausend Splitter, von denen jeder für sich zählte, aber auch Teil des Ganzen war.

Als Shestan seine Fassung wiedergefunden hatte, versuchte er zunächst, herauszufinden, ob sie umzingelt waren. In einem der Gedankenfetzen, die ihm durch den Kopf fuhren, kam das Wort »Falle« vor, und Falle hätte geheißen, daß sie umstellt waren. Er ließ von Cute Bënjas Leiche ab, die schon zu erkalten begann, und starrte mit zusammengekniffenen Augen zur Herberge hinüber. Von dort aus schien nicht geschossen zu wer⁄ den und auch von der linken Seite nicht. Die Schüsse kamen von den Maisspeichern, den Heuschobern und einem schwarzen Gatter ein Stück dahinter.

»Wenn das Heu nicht so naß wäre«, hörte er Nase Shmilis Stimme, »würd ich sie verbrennen wie Ratten.«

Alle lagen an der Stelle, wo sie sich im Moment des Überfalls niedergeworfen hatten, und schossen auf das Gutshaus. Nur das Pferd stand noch auf den Beinen. Es wieherte und hätte fast die Kanone umgeworfen.

»Ich besorg's euern Müttern!« brüllte Llazi Mandili seinen Zorn hinaus und sprang ohne Befehl auf, um an⁄ zugreifen. Sein Vetter und ein paar andere taten es ihm nach. Noch ehe sie über die Straße waren, wurden Llazi und sein Vetter von den Salven niedergestreckt, so daß sie Shestans Ruf »Zurück!« nicht mehr hörten oder ihn zwar hörten, gedehnt und hallend wie ein Echo, aber beim besten Willen nicht mehr umkehren konnten.

Ab und zu hörte Shestan zu schießen auf und blickte zum Gasthaus hinüber oder nach links, doch wohin der Rückzug am sinnvollsten war, vermochte er noch nicht zu entscheiden.

»Was sollen wir tun?« fragte Doska, der zu ihm her⸗
angerobbt war. »Bist du verwundet?«

»Nein, das Blut stammt von ihm.«

Doska sah in Cutes unnatürlich weißes Gesicht,
und seine Augen füllten sich mit Tränen.

Über dem Gutshaus stieg eine fliederfarbene Leucht⸗
kugel auf.

»Was hat das zu bedeuten?« rief Doska.

Shestan wollte eben den Feldstecher an die Augen
führen, als ein Schlag seinen Arm traf, so daß ihm das
Glas aus der Hand fiel.

»Du bist getroffen!«

Shestan antwortete nicht. Gebannt schaute er zu,
wie die Leuchtkugel, deren Farbe in jeden Alptraum
gepaßt hätte, langsam zu Boden sank, während Doska
ihm die Schulter notdürftig mit einem abgerissenen
Stück seines Hemdsärmels verband. Er war kaum fer⸗
tig, als Shestan aufsprang und schrie:

»Zum Angriff, koste es, was es wolle, wir oder sie!«

Er stürmte vorwärts, den Revolver in der Hand, über
und über mit Blut verschmiert, doch es war vor allem
Cute Bënjas Blut. Auch die anderen, außer den Toten,
sprangen auf, und der Haufen drang über die Straße,
wobei sich alle bemühten, nicht auf Llazis und Gjerg⸗
jans Leichen zu treten, von denen der eine auf dem
Bauch, der andere auf der Seite lag. Es sah so aus, als
hätte er seinem Vetter noch etwas sagen wollen.

Während des Laufens brüllten sie, was ihnen ge⸗
rade in den Sinn kam: Nieder mit den Hunden! Packt

sie euch! Es lebe Albanien! Vorwärts! Tötet sie! Einer kreischte auf: O weh, meine Augen! Ein anderer brüllte: *Jebe majku tvoju!* Und am lautesten von allen Doska: Angriff! Wir ficken Esad Paschas Mutter! *Aanval!*

Zuerst schießend und dann, als sie merkten, daß keine Zeit zum Nachladen war, mit dem Bajonett kämpften sie sich vor zu den Heuschobern und dann zu den Maisspeichern ein Stück dahinter. Dort wurde Aleks Belshi in Stücke gehauen, der offenbar ausgerutscht und nicht mehr rechtzeitig auf die Beine gekommen war. Die Esadisten schrien: Heil dem Propheten, Tod den Giauren! Eine weitere, diesmal rote Leuchtkugel steigerte noch die Verwirrung in ihren Reihen.

Es ließ sich nicht genau feststellen, weshalb die Esadisten die Flucht antraten und wohin sie sich zurückzogen. Nase Shmili lag, als ihn seine Kameraden fanden, mit verdrehten Knien zwischen zwei Heuschobern auf der Erde, von oben in die Brust geschossen. Das Fernglas lag schräg über seinem Gesicht, als habe er im letzten Moment noch nach seinem Mörder Ausschau gehalten. Aber schon von weit her. Von den Sternen her...

Der letzte Gefallene an diesem Tag war Stefan Vaja, der einen kleingewachsenen Kerl in Pumphosen über den Gutshof verfolgt hatte. Ein Fuhrwerk war über ihn hinweggefahren und hatte ihm die Rippen zermalmt, doch schien er da bereits tot gewesen zu sein.

Nun, da die Waffen schwiegen, hörte man das Stöhnen der Verwundeten, Gebete in albanischer und serbischer Sprache, Flüche und Befehle.

Verletzt waren Tod Allamani, der Priester Stilian und noch ein gutes Dutzend andere. Ein junger Bursche aus Tushemisht hatte das Augenlicht verloren. Einem anderen waren die Finger einer Hand abgerissen worden. Verlegen schaute Alush Tabutgjati seinen Hauptmann an, als schäme er sich, nicht den kleinsten Kratzer abbekommen zu haben. Wahrscheinlich hätte er am liebsten die Wunde von Shestans Haut genommen und wie ein Ampferblatt auf die eigene Haut gelegt, die soviel mehr aushalten konnte.

Sie trugen die Toten zusammen, um sie zu bestatten, als Arif Kallauzi, an den keiner mehr gedacht hatte, laut über sein Malheur zu jammern begann. Ich bin schuld, sagte er. Ich habe euch das eingebrockt.

Doska wollte ihn sofort und eigenhändig umbringen, doch Shestan bestand darauf, erst gegen ihn zu verhandeln. Neben Doska, dem Siegelbewahrer, wurden der Priester Stilian und Hyska Shteti zu Richtern ernannt. Dieser fuchtelte Arif mit dem Revolverlauf vor der Nase herum, und der Priester schlug das Kreuz, weil er vergessen hatte, daß der Angeklagte gar nicht christlichen Glaubens war. Schließlich besannen sie sich auf ihre Pflicht und stellten Fragen.

Der Wirt war es, der Arif vor der Kugel bewahrte. Er bestätigte nämlich, daß er ihn als Hodscha verkleidet um das Gasthaus hatte schleichen sehen. Und, fuhr er fort, wer hätte auch wissen können, daß Esadisten in holländische Offiziersuniformen gesteckt worden waren, um den Gegner zu täuschen? Gewiß, niemand hatte auch nur ein Wort verstanden, es war ein rechtes Kauderwelsch gewesen, wie man so schön sagte, doch gerade deshalb hatte jeder geglaubt, daß es sich um diese verfluchte Sprache handelte. Sogar er selbst, der Wirt, hatte sich täuschen lassen, obwohl das Holländische seinem Ohr nicht ganz unvertraut gewesen war. Und was schließlich die eigens zur Einschläferung der mokrarischen Wachsamkeit angebrachte Aufschrift »Es lebe der Prinz zu Wied...« anging, so konnten sich die Herren Richter, wenn sie wollten, selber ein Bild machen, denn sie befand sich noch immer am Haustor der Herberge.

Da man über ein Gefängnis nicht verfügte, beschloß man, den Übeltäter zu verstoßen. Nachdem sie ihn entwaffnet hatten, erklärten sie ihm unmißverständlich, er möge sich auf der Stelle zum Teufel scheren, und wenn er sich noch einmal getraue, ihnen über den Weg zu laufen, würden sie nicht viel Federlesens mit ihm machen.

Arif weinte erneut und wollte sich auf die Knie werfen, um alle um Verzeihung zu bitten, doch man hinderte ihn daran. Immerhin gelang es ihm, sich Shestan zu nähern und ihm die Hand zu küssen. Weil es die verbundene war, sah man danach dunkle Tränenspuren auf dem Mull.

Schließlich machte er sich auf der Landstraße davon, und sie schauten ihm eine Weile lang nach. Als er sich beim Gehen das Bündel über die Schulter warf, wurden plötzlich alle von dem Gefühl befallen, er habe sich eben seinen eilfertig abgeworfenen Nachnamen wieder aufgeladen, Skamja, Elend, denn dieser paßte aufs Haar zu seinem Gang und seiner ganzen Erscheinung, vor allem aber zu seinem gebeugten Hungerleiderrücken.

Nach einer knappen halben Stunde, sie waren gerade dabei, im flackernden Licht zweier Fackeln, die sie vom Wirt bekommen hatten, und begleitet von den Gebeten des Priesters ihre Toten zu begraben, rückten zusammen mit der Dämmerung die Österreicher heran, die offenbar der Grund für den Rückzug der Esadisten gewesen waren.

»Was für eine Armee seid ihr?« fragte eine harsche Stimme auf deutsch.

Da keiner der Mokraren die Frage verstand, gab es auch keine Antwort. Erst beim zweiten Versuch rief Doska, der sich schämte, aus dem Halbdunkel:

»Nix!«

Da er auch alle weiteren Fragen mit »Nix!« beantwortete, sah sich der österreichische Offizier zu der ironischen Bemerkung veranlaßt:

»Sie sind wohl der Herr Nix!«

»Nix oder gar nix, wenn dir das lieber ist«, gab Doska mit einem Fluch zurück, in dem eine Mutter vorkam.

»Ach, schert euch doch zum Teufel!« schnappte der Offizier, dem die Beleidigung nicht entgangen zu sein schien, drehte sich um und marschierte zum Gasthaus.

Ein paar Schweizer vom Internationalen Roten Kreuz, die offenbar den Schutz der Österreicher in Anspruch genommen hatten, stiegen mit ihren Köfferchen aus einer Kutsche.

»Sind Verwundete hier?« erkundigten sie sich in verschiedenen Sprachen, bis man ihnen endlich verständlich gemacht hatte, daß es auf beiden Seiten solche zu beklagen gab.

Daraufhin begannen sie in aller Eile, die Versehrten zu versorgen, während österreichische Pioniere die Leichen der gefallenen Esadisten und Serben in zwei verschiedene Gruben legten und mit gelöschtem Kalk bedeckten. Als das zuckende Licht der Fackeln bei den Heustadeln angekommen war, kreischte ein verletzter Esadist beim Anblick des Priesters Stilian oder auch der roten Kreuze auf den Ärmeln der Sanitäter in blankem Entsetzen: Weiche von mir, Dschibrail!

Die Nacht hatte bereits begonnen, als die Österreicher ihren Marsch zur alten Brücke mit den drei Bögen fortsetzten, die trotz eines Granattreffers noch passierbar war.

VIII

Um Haaresbreite sind uns die verfluchten Giauren entwischt. Bei Allah, niedergemetzelt hätten wir sie wie seinerzeit in Zall-Herr, als Rrem Qorrmehmeti, der nun nicht mehr unter uns weilt, erleuchtet sei seine Seele, diesem Hund Andrea Kosturi den Bauch mit einer Schere aufschnitt. Schade bloß, daß Ramadan ist und wir fasten müssen, sonst hätt ich ihm Leber und Milz herausgerissen und roh zum Frühstück verspeist, sagte Rrem. Der Friede Allahs sei mit ihm.

Dabei hatten wir uns den Hinterhalt beim Landgut der Dame hübsch ausgedacht, und die holländischen Gewänder paßten Ali Haxhi und Lalë Vuthi wie an-gegossen, schaut nur, wie sie aussehen, die Teufel, rie-fen alle, und erst recht, als sie dann in diesem Wirtshaus mit dem schmutzigen Namen (zwei Männer, was die da wohl miteinander treiben) so taten, als ob sie Hol-ländisch reden könnten, dabei war's grad nur so ein Schnickschnack, wie er ihnen in den Sinn kam, man hätte sich biegen mögen vor Lachen, beim Haupte des Propheten. Dann kam auch noch so ein Hodscha daher, wie sie uns später erzählten, dem man schon aus hundert Meter Ferne ansah, daß er ein verkleideter Spion war, denn unter dem Kaftan blitzten die roten Quasten sei-ner Opanken hervor, und als er sich anschlich und die

Ohren spitzte, fingen wir schnell zu plappern an, er-
zählten sie, sijn hulluhum van officieren toht, wie bei
Schweinen oder Spechten hörte es sich an, aber dieser
Einfaltspinsel hat trotzdem nichts gemerkt.

Und so kamen sie dann gegen Mittag herangezo-
gen wie zu einer Hochzeit, das rote Fähnchen mit der
schwarzen Krähe vornan, weil sie wohl wirklich glaubten, da seien weit und breit nichts wie Holländer, ach,
in kleine Stücke wollten wir sie hacken wie seinerzeit
in Zall-Herr, denn als wir sie so heranstapfen sahen,
fiel uns natürlich unser lieber Rrem Qorrmehmeti se-
ligen Angedenkens ein, sein Geist wandele im Licht
des Allerhabenen, wie wäre er doch froh gewesen, daß
jetzt kein Ramadan ist, sagten wir, weil er ganz unver-
zagt hätte tun können, was sich sein edles, reines Herz
so sehr wünschte, nämlich ihre Nieren aufzuessen. Aber
es sollte nicht sein. Plötzlich tauchten die verwünschten
Österreicher auf, und uns blieb nichts anderes übrig, als
Fersengeld zu geben, jeder sah zu, daß er so schnell wie
möglich fortkam, denn es ist gewiß tausendmal besser,
ausgestreckt unter der Erde zu liegen, als dem Österreicher in die Hände zu fallen. Der schneidet dir den Bart
ab, der pudert dich, und dann... ach, ich will besser gar
nicht daran denken.

Also, Shaqir Aliu, unser Kommandant, gab das
Zeichen, und wir rannten quer über den Gutshof davon, ein Glück nur, daß wir so wenige waren und sie
uns nicht verfolgten. Wir konnten nicht einmal die Verwundeten mitnehmen, von den Toten ganz zu schwei-

gen, Heil und Frieden für sie in der anderen Welt. Es war stockfinster, Allah allein weiß, wie wir den Weg fanden, herrje, laßt uns ein wenig Atem holen, sagte Lalë Vuthi, der noch immer das Gewand des Holländers auf dem Leib hatte, doch keiner wollte auf ihn hören. Dann verliefen wir uns auch noch und landeten im Sumpf von Kallama, plitsch, platsch, mein Lebtag werd' ich nicht vergessen, wie Zija Beqiri mittendrin die Fallsucht bekam und sich plötzlich im Morast wälzte, o Allmächtiger, Allerhabener, für welche Sünden bestrafst du uns, rief Shaqir Aliu, der auch in der Nähe war, doch keiner hatte Zeit, sich um den armen Kerl zu kümmern, aber wahrscheinlich wäre es sowieso zu spät gewesen, denn der zähe Schlamm drückte ihm die Luft ab, er platschte noch ein bißchen herum, und dann sah und hörte man nichts mehr von ihm.

Der verfluchte Sumpf wollte kein Ende nehmen, zudem war es finster wie in der Hölle, und als Musa Muhtari es endlich schaffte, eine Fackel anzuzünden, merkten wir, daß wir in die verkehrte Richtung liefen, dorthin, wo wir gerade hergekommen waren. O Allah, es gefällt dir, deinen armseligen Knechten Prüfungen aufzuerlegen, doch er war es schließlich auch, der uns errettete, als wir schon dachten, es sei aus mit uns. O Schreck und Graus, lieber eine Giaurenkugel als dieser fürchterliche Sumpf, hörte man die Leute im Dunkeln jammern, hier ging eine Fackel aus, dort wurde eine andere angezündet, es gluckste im Morast, ich stöhnte, schimpfte und fluchte, doch plötzlich, welch ein Segen, tauchte die Tekke von Beuni vor uns auf. Puh, seid ihr jetzt Gespenster oder Menschen, riefen die Derwische, als sie uns zu Gesicht bekamen, doch niemand ließ sich davon die Freude verderben, wir hüpften herum und brüllten vor Glück, so daß die Derwische in lautes Gelächter ausbrachen, aber das machte uns überhaupt nichts aus, der eine sang, der andere sprang in eine Schlammpfütze, daß dem dritten die ganze Brühe ins Gesicht spritzte, doch der wurde nicht etwa wütend, sondern wollte sich ausschütten vor Lachen. Tuç Osmani drehte richtig durch, ich möcht' der Festbraten sein zum Bajram, sagte er, und schwupp, war er auch schon in die Feuerstelle gesprungen. Die Derwische zogen ihn mit Mühe heraus, aber er wollte gleich wieder hinein, ich bin ja noch gar nicht richtig durchgebraten, schrie er, Kus Baba wird sich die Zähne an mir ausbeißen, wenn er mich zum Abendessen verspeist. Wir merkten, daß er den Verstand verloren hatte, denn er wollte auch noch anderen Blödsinn anstellen, aber wir fesselten ihn, und Shaqir Aliu sagte, der ist so gut wie tot. Fünf oder sechs waren gefallen, noch einmal so viele im Sumpf ertrunken, hauptsächlich Verwundete, aber der Vorsteher der Tekke sagte: Vergeßt euren Kummer, wo man Hochzeit feiert, wird nun mal geschlachtet, kommt her, setzt euch ans Feuer, damit ihr wieder trokken werdet, eßt und trinkt, ihr habt es dringend nötig.

Im Saal der Tekke bewirtete der Vorsteher Gäste, und als wir erfuhren, wer es war, erstarrten die einen vor Ehrfurcht, die andern vor Angst, denn es war Kus

Baba mit den Kommandanten seines Taburs, »Kus Babas Söhne«, wie man sie nannte. Es gab sogar ein Lied
über sie:

> *Wo geht ihr hin, Kus Babas Söhne?*
> *Dort, wo der Tod ist, wo man klagt.*

An diesem Abend war Kus Baba aber milde gestimmt
und lud Shaqir Aliu sogar ein: Komm, setz dich zu uns
mit ein paar von deinen Tapferen, laß uns ein bißchen
plaudern, aber sie sollen sich erst waschen, sie sehen
nämlich aus, als seien sie in die Abortgrube gefallen.

Welch eine Freude, dich hier zu haben, Kus Baba,
sagte der Klostervorsteher, dein Besuch bringt Licht in
unsere Tekke, was gewiß ehrlich gemeint war, denn
nicht nur der Vorsteher, sondern wir alle freuten uns
sehr, und die Derwische sagten sogar, selten haben wir
jemand so Bedeutendes unter unserem bescheidenen
Dach begrüßen dürfen, geschweige denn in unserem
Gastraum, und selbst wenn Esad Pascha, den Allah mit
Erfolg segnen möge, uns leibhaftig mit seinem Besuch
beehren würde, das Vergnügen könnte kaum größer
sein.

Obwohl jeder im Gastraum ihn hofierte, Kus Baba
vorne und Kus Baba hinten, machte er eine saure Miene,
kein einziges Mal sah man ihn schmunzeln, aber wir
wußten ja alle, daß er tiefem Kummer nachhing, seit der
vermaledeite Hasan Zyberi, möge er nach Allahs Rat-
schluß in der Hölle schmoren, seinen Augenstern Vasil-

laq umgebracht hatte. Dieser Schurke entbrannte beim Anblick des Jungen in Begierde, vor allem seine Augenbrauen hatten es ihm angetan, von denen es im Lied heißt, sie seien »geschwungen gewesen wie das Rasiermesser eines Barbiers«, und mit dem Rasiermesser eines Barbiers schlachtete er das Kind ab, der Allmächtige sei seiner Seele gnädig, und der Derwisch Ulema, erleuchtet sei seine Seele im Paradies, traf den Nagel auf den Kopf, als er damals sagte, daß man solche Lustknaben mit einem Schleier verhüllen muß wie die Weiber, damit kein Unheil entsteht, denn gegen die Leidenschaft ist kein Kraut gewachsen, und wo sie waltet, ist das Messer nicht weit.

Einer der Tapferen im Gastraum stimmte das Lied an, uns allen stockte erst das Blut in den Adern, wie konnte er es bloß wagen, den Namen des toten Knaben in den Mund zu nehmen, aber dann merkten wir, Kus Baba selbst wollte es so, eine bessere Arznei für seinen Schmerz soll es ja, wie die Leute sagen, nicht geben:

Meinen Augenstern hast du gemeuchelt, Hasan Zyberi,
Und hättest du sieben Leben, ich löschte sie alle aus.

Wie ein Lamm hast du ihn geschlachtet, Hasan Zyberi,
Und hättest du sieben Leben, ich löschte sie alle aus.

Mein Alter hast du getrübt mit Kummer, Hasan Zyberi,
Und hättest du sieben Leben, ich löschte sie alle aus.

Brav gesungen, lobte Kus Baba seine Leute, als sie mit dem Lied fertig waren, ohne seine Augen aufzumachen, die er jedesmal, wenn er an Vasillaq denken muß, geschlossen hält, er sieht dann seinen weißen Leib vor sich, behaupten die Leute, und als Esad Pascha ihn einmal schalt, es reicht jetzt, Schluß damit, nimm dir halt einen anderen, hübsche Bübchen gibt's gerade genug, da rief er nur: »Allah behüte!« Und wirklich, kein Wirtshaus, kein Spielhaus konnte bisher das Gift aus seiner Seele vertreiben, und auch nicht das Lusthaus, Bordell sagen die Giauren dazu, in das sie ihn eines Abends schleppen wollten. Er seufzte bloß: »Pfui Teufel!« Um ihn herumzukriegen, müßte es schon ein Lustknabenhaus sein, aber auch dann würde es vielleicht nicht klappen, weil seine Laune wie das Wetter ist, man kann sich nie darauf verlassen.

Er lehnte sich in die Polster zurück, alle begriffen, daß er nun selber ein Lied anstimmen wollte, und keiner getraute sich mehr, auch nur einen Muckser von sich zu geben. Möge er nach Allahs Fügung lange singen, sagte einer der Derwische, man bekommt es nie satt, so groß ist seine Leidenschaft.

> *Meine Kissen und Laken*
> *Benetz ich mit Tränen,*
> *Bei den heutigen Knaben*
> *Spür ich kein Sehnen.*
> *Im Traum sah ich mein Glück*
> *Aus früheren Tagen*

Vasil will ich zurück
Oder dem Leben entsagen.

Das war das ganze Lied, mehr gab es nicht, aber wir
saßen da wie vom Schlag getroffen, bis von Shaqir Aliu
ein Keuchen zu hören war, als würde es ihm Brust und
Schlund gleichzeitig zerreißen, ich schäme mich fast, es
zu sagen, erzählte er später, aber um ein Haar hätte ich
laut hinausgeheult, und das galt ja nicht bloß für ihn,
uns allen wurde schwer ums Herz, man konnte sich gar
nicht dagegen wehren, denn wenn die Männer einmal
einen Seelenschmerz haben, dann ist er viel schlimmer
als bei den Weibern, aber Kus Baba, Allah möge ihm
ein langes Leben schenken, verstand, was mit uns los
war, und kam schnell auf etwas anderes zu sprechen.
Wir haben dem König ein Papier geschickt, sagte er, ein
Memorandum, wie es die Giauren nennen, ich weiß
nicht, ob ihr schon davon gehört habt. Nein, wir wissen
von nichts, ließen sich ein paar Stimmen vernehmen, erzähl uns, um was es geht, Kus Baba, und er erzählte uns,
wie sie in diesem Brief oder Mähmuhrantom, oder wie
das heißt, dem Prinzen Wied geschrieben haben, daß
wir bereit sind, ihm zu gehorchen und ihn König zu
heißen, wenn er vorher bloß eines tut: Er muß sich beschneiden lassen.

Der ganze Haufen brach in lautes Gelächter aus,
hihihi und hahaha, aber Kus Baba sagte, das hört sich
vielleicht zum Lachen an, aber wenn der König darauf
eingeht, gibt er auch sonst klein bei, und dieser Tage er-

warten wir eine Antwort von ihm. Der König mag sich ja darauf einlassen, aber die Königin? rief Shaqir Aliu, und wieder lachten alle und machten Witze: Ob er der Königin dann noch gefallen wird? Auch Kus Baba, er lebe so lange wie unsere Berge, stimmte in das Gelächter ein, und besonders laut wurde es, als von der Königin geredet wurde, von der man wußte, daß sie Sophie hieß und der Reihe nach mit all den holländischen Offizierlein ins Bett stieg. Warum soll's ihr auch nicht gefallen, meinte Lalë Vuthi, die Beschnittenen machen es viel besser als die Giauren, da müßt ja ihr bloß unsere Weiber fragen, hahaha.

So vergnügt waren wir noch selten, aber dann fing Kus Baba wieder zu reden an, und diesmal ging es um das Regieren, um Politik, wie man das jetzt nennt. Diese Strolche wollen Albanien kaputtmachen, sagte er, sie wollen die Minarette einreißen und die Hodschas an der Zunge aufhängen und den Frauen die Schleier wegnehmen, damit sie zu Huren werden, denn wenn man einer Frau den Schleier wegnimmt, macht man sie zur Hure, und ganz Albanien soll ein einziges Hurenhaus sein, aber dazu wird es nicht kommen, denn wir sind bereit, uns für die heilige Sache aufzuopfern, und werden diese Halunken und Sittenstrolche aufknüpfen, so wie wir es an Shënepremte gemacht haben und in Zall-Herr und in der Dumreja und in Zall-Bastar, denn Halunken kann man nur mit Blei und dem Strick Mores lehren, und es gibt welche, die ständig herumkrakeelen, daß sie ein Albanien mit drei oder sogar mit vier

Religionen haben wollen, und manche ein Großalbanien und ein paar noch was anderes, der Herr allein
weiß, was es ist, grausiges Zeug jedenfalls, aber wir wissen auch, was wir wollen, nämlich auf jeden Fall kein
Albanien mit drei Religionen und vier Wilajets und
auch kein Großalbanien, sondern ein kleines, feines Albanien mit nur einer Religion, dem Glauben des Propheten, und wenn es Gegenden gibt, wo es nur so wim-
melt von Katholiken und anderen Giauren, Orthodoxe
nennt man sie, Allah möge die ganze Brut vertilgen,
dann sage ich, raus mit ihnen aus Albanien, es tut uns
bestimmt nicht leid um sie, soll sie doch nehmen, wer
will, der Serbe, der Grieche oder der Franke, oder noch
besser, wir reißen sie aus wie einen fauligen Zahn, dann
haben wir endlich Ruhe vor ihnen, ja, so ist das, Jungs.
Dann begann Kus Baba, Allah sei Dank, daß er unter
uns weilt, von der Türkei zu sprechen, von der diese
Halunken nichts mehr wissen wollen, und seine treuen
Augen füllten sich mit Tränen, denn wie kann man von
seiner Mutter nichts mehr wissen wollen, bloß weil sie
ein bißchen alt geworden ist, und wieder drang aus
Shaqir Alius Brust ein Stöhnen, das sich anhörte, als ob
es aus einer tiefen Höhle käme, und auch wir anderen
konnten unseren Kummer nicht verbergen, schließlich
hatte sich diese ganze schmutzige Sippschaft in die Türkei verbissen wie ein paar Hyänen in einen greisen Lö-
wen und wollte sie zu Boden werfen, aber dann würde
auch Albanien niederstürzen. Da faseln sie von einem
gewissen Skanderbeg, fuhr Kus Baba fort, das ist so

ein Verräter, der sich in Gjergj Kastrioti umtaufte und glaubte, wenn er sich einen neuen Namen zulegt, kann er auch Albaniens Schicksal eine neue Richtung geben, es vom Pfade des Propheten, vom Weg des Heils abbringen, wie es ihm Scheitan höchstpersönlich eingegeben hat. Sie wollen den wahren Glauben zerstören, aus Bajram Ostern und aus den Moscheen Kirchen machen, und verschwinden sollen der Ramadan und die segensreiche Stimme des Muezzin, die doch Balsam ist auf alle Seelen in dieser und der jenseitigen Welt, Giaurerei, Hurerei und Unzucht unter Männern soll herrschen, und die Fahne soll anstelle des geliebten Halbmonds dieses doppelköpfige Stück Federvieh tragen, das Zeichen der Hölle.

Dieses letzte Wort, Hölle, war es wahrscheinlich, das uns das Lied in den Sinn brachte, das uns am liebsten ist, denn während Kus Baba sprach, waren jene, die in der großen Vorhalle ihr Abendmahl einnahmen, an die Tür des Gastraums getreten, um zu lauschen, und so stimmten wir es erst leise, dann mit kräftiger Stimme an:

Einst winkte uns das Paradies, derweil
Wir nun ans Tor der Hölle pochen
Albanien, liederliches Weib,
Hast uns das Herz gebrochen.

Fünfhundert Jahre wohlgefällgen Seins,
Die sollen nicht mehr zählen.
Albanien, liederliches Weib,
Tust uns das Herz zerquälen.

Nach Giaurenart den Schleier abzutun,
Das darf dir niemals glücken.
Albanien, liederliches Weib,
Tust uns das Herz zerdrücken.

Du willst Europa nicht nach guter Art
Die kalte Schulter weisen.
Albanien, liederliches Weib,
Tust uns das Herz zerreißen.

Wer nicht zur heilgen Erde taugt
Dem ist die Höll' versprochen.
Albanien, liederliches Weib,
Hast uns das Herz gebrochen.

Bei Allah, nie hatten wir unser Lied mit so viel In-
grimm vorgetragen, und als wir fertig waren, lobte uns
Kus Baba und sagte, verliert nicht den Mut, Burschen,
unser teurer Esad Pascha wird Albanien nicht im Stich
lassen, aber er gibt sich in letzter Zeit doch ein bißchen
viel mit den Giauren ab und spricht die Sprache der
Glaubensfeinde, wandte Musa Muhtari ein, und du
selbst, Herr, der du noch lange in unsrer Mitte weilen
mögest, sollst ihn erst vorgestern gefragt haben, stehst du

noch zu deinem Wort, und er soll gesagt haben, ja, ich steh zu meinem Wort, doch man muß den richtigen Zeitpunkt abwarten. He, sagte Kus Baba, welches Vögelchen hat euch denn das zugetragen, und er schmunzelte, aber keine Sorge, Burschen, Albanien gehört zur Türkei wie der Nagel zum Finger, und es wird noch eine Menge Blut fließen, die Pferde werden bis zu den Knien darin waten, so wie in Qorrbela, und ein Derwisch kam auf den geschwänzten Stern zu sprechen, den Kometen, wie die Giauren sagen, der als ein Zeichen Allahs des Allerhabenen gelten darf, ja, so ist es, sagte Kus Baba, Allah ließ das Zeichen des Besens am Himmel erscheinen, und mit dem Besen wird er die verfluchten Ungläubigen wegfegen und den Erdball sauberputzen, aber jetzt löscht die Lampen und geht schlafen, Burschen, denn morgen früh müssen wir weitermarschieren.

IX

Sophie von Schönburg-Waldenburg, Fürstin von
Albanien ... Sophie Schönburg ... Gütiger Gott,
dachte ich, meine Nerven. Doch kein Wunder, daß sie
angegriffen waren. Vor meinem Spiegel sitzend, versuchte ich mich unter großen Zweifeln mit dem Gedanken zu versöhnen, daß die Prinzessin Sophie von
Schönburg-Waldenburg, verehelichte zu Wied, nun
Monarchin dieses Landes war.

Einen guten Teil des Vormittags verbrachte ich im
Bade, und als ich ihm endlich entstiegen war, widmete
ich mich länger, sehr viel länger als gewöhnlich meiner
Toilette. Ich öffnete da ein Puderdöschen und dort ein
Kästchen mit Ohrringen, griff nach dem Maniküre-
besteck, erprobte zum ersten Mal ein Parfüm, das mir
meine Mutter geschenkt hatte, und als ich dann auf einmal das Bedürfnis verspürte, erneut in die Badewanne
zu steigen, begriff ich, daß ich all diese Verrichtungen
nur unternahm, weil ich mich beschmutzt fühlte.

Tatsächlich weiß ich bereits seit einigen Tagen von
dem degoutanten Brief der Esadisten, der dieses Mißge-
fühl in mir hervorruft. Gewiß konnte nie damit gerechnet werden, daß ich als Gattin des Regenten geruhsame
Tage hier verbringen würde, doch was ich nun ertragen
muß, ist weit schlimmer als die Angst und Verzweif-

lung ob der ungewissen Verhältnisse in meinem Hei-
matland. Alles nahm am Sonntagnachmittag seinen
Anfang, als meine Erste Hofdame, Fräulein von Pfuel,
mir mit Augen, die von Sensationslust und zugleich Be-
stürzung funkelten, von dem Brief an Wilhelm berichtete. Nur weil ich mit der von Pfuel auf so vertrautem
Fuße stehe, ertrug ich den Ton, den sie mir gegenüber
anschlug. Erst empfand ich es als arge Kränkung, nicht
von meinem Gatten selbst, sondern von einer Bedienste-
ten in die Geheimnisse der fürstlichen Korrespondenz
eingeweiht zu werden, doch je mehr ich erfuhr, desto
dankbarer war ich Wilhelm für seine Rücksichtnahme.
Es klang so schrecklich, doch nicht nur das, sondern
auch beschämend und furchteinflößend. Obgleich ich
die ganze Nacht kein Auge zutat, unterließ ich es, ihn
auf das Thema anzusprechen. Am Morgen bestellte ich
Hofmarschall von Trotha in mein Gemach und bat ihn,
feuerrot vor Scham, um nähere Unterrichtung. Gewiß
hätte ich den Mut nicht aufgebracht, wäre er nicht der
würdige Herr mit ergrautem Haar, zu dem ich in den
vielen Jahren unserer Bekanntschaft Zutrauen gefaßt
habe. Er schien, obgleich er es zu verbergen trachtete,
bestürzt darüber, daß ich überhaupt von dem Brief
Kenntnis erlangt hatte.

»Womöglich nehmen Sie die Angelegenheit ernster,
als sie es verdient«, meinte er nach kurzem Schweigen.

Mein erstes Erröten war nichts im Vergleich zu der
Woge von Beschämung und Zorn, die mir nun die
Haarwurzeln versengte und die Zunge lähmte. Wie

konnte er es wagen, mich so zu beleidigen? War ich denn ein wollüstiges Weib, das allein die unbeschränkte Befriedigung seiner leiblichen Begierden erstrebte? Überdies war es schon recht zynisch, darin... in diesem... nichts Ernstes zu sehen, ganz abgesehen davon... ganz abgesehen davon...

»Es ist wirklich nicht so ernst«, sprach er weiter. Ein Lächeln spielte um seine Lippen. »Wenn Sie mir meine Kühnheit verzeihen wollen, Hoheit, so erkläre ich es Ihnen.«

Peinlich berührt lauschte ich den nachfolgenden Ausführungen. O Gott, daß mir eines Tages und gar als Regentin solches widerfahren mußte! Ich lernte also, daß die »Sünnet« genannte Prozedur, der sich mein Gatte unterwerfen sollte, keineswegs Entmannung bedeute. Es war barbarisch, ungeheuerlich, meine Ohren glühten, und doch hörte ich mir diesen ganzen Irrsinn weiter an: Man müsse gut unterscheiden zwischen Beschneidung und Verschneidung. Letztere sei gewiß schrecklich und folgenschwer, während es sich bei ersterer um ein weitverbreitetes Brauchtum handele, um dessentwillen sich die Muselmanen gar in Sunniten und Schiiten gespalten hätten. Mit ihrer Forderung an den Fürsten bezweckten diese armseligen Gesellen, ihn politisch auf ihre Seite zu ziehen. Er wiederhole: *Politisch!*

Obgleich ich mich, wie ich nicht verhehlen will, erleichtert fühlte, gab ich doch trotzig zurück:

»Mich mutet das wie Silbenstecherei an. Mein Gemahl würde beides verschmähen.«

93

»Ohne Frage«, sagte der Hofmarschall. »Gleich-
wohl ist der Unterschied von Belang. Denn lautete das
Ansinnen an den Fürsten, ich bitte um Verzeihung, sich
verschneiden, also verstümmeln zu lassen, so wäre dies
fraglos eine offene Kriegserklärung, wohingegen die
verlangte Beschneidung eher als Einigungsangebot zu
betrachten ist. Vorgebracht gewiß von Verrückten, doch
immerhin ein Angebot.«

Ich staunte selbst, daß ich dem unerquicklichen Gespräch noch immer kein Ende setzte. Mit einer Forsch-
heit, die gar nicht zu ihm passen wollte, machte sich der
kluge Trotha meinen Wankelmut zunutze und führte
seine Erklärungen fort, die in jeder anderen Situation
nur meinen Abscheu erregt hätten.

An jenem Nachmittag wie auch tags darauf (der
Hofmarschall hatte die *Encyclopædia Britannica* zu Rate
gezogen, um seine Kenntnisse zu ergänzen) kam mir
wahrscheinlich mehr Unartiges zu Gehör als in meinem
ganzen Leben zuvor. Dabei wuchs in mir dieses Gefühl, beschmutzt zu sein, das ich, wenn auch vergeblich,
durch den stundenlangen Aufenthalt im Badegemach
zwischen kristallenen Spiegeln, Spangen, Parfümfla-
kons und Döschen mit Puder loszuwerden trachtete, mit
dem ich einige Male ungewollt die gläserne Pracht be-
stäubte.

Ich erwog, mir ein wenig Befreiung zu verschaffen,
indem ich meiner Schwiegermutter, der Prinzessin von
Holland, einen Brief schrieb, wie ich es hin und wieder
tat, wenn etwas mein Gemüt bewegte, doch dann stellte

ich sie mir in ihrem Palais im ruhigen, flach sich aus-
breitenden Holland vor, und es erschien mir gänzlich
unangebracht, sie mit meinen Nöten zu inkommodie-
ren. Auch meine Schwägerin, die Prinzessin von Sachsen, war wenig geeignet. Endlich glaubte ich die Lösung
gefunden zu haben: Ich wollte Wilhelms Tante schreiben, deren aus dem Hause Hohenzollern-Sigmaringen
stammender Gemahl den Königsthron von Rumänien
innehatte. Während meiner Verlobungszeit hatte sie
mich mit ihren Neckereien so manches Mal zum Erröten
gebracht. Mir waren von meinem letzten Besuch noch
die Scharen schmutziger Bauern und Zigeuner vor Augen, die sich an der Eisenbahnstation gedrängt hatten,
und so dachte ich: Ja, dorthin kannst du einen solchen
Brief getrost senden.

Doch ich brachte ihn nicht zustande. Meine Gedanken schweiften ständig ab, die Sätze wollten sich nicht
zueinanderfügen, ach, es war überhaupt viel leichter, ein
Stück Seife zu gebrauchen als die Feder, und, schnell
entkleidet, fand ich mich im Bade wieder, umgeben von
Kristall und rosenfarbenem Marmor. Dort fühlte ich
mich sicher, das war meine Welt, fern des rohen Getüm-
mels, das bei jeder Berührung Spuren von Sudel und
Blut hinterließ.

Die Wanne mit dem wohlig warmen Schaumbad
war der rechte Ort, um mir idyllische Szenen aus meiner Kindheit und Mädchenzeit ins Gedächtnis zurück-
zurufen. Vielleicht lag es an dem unvollendet gebliebe-
nen Brief, jedenfalls sah ich wie einen Sternenschwarm

die ganze weitverzweigte, über ganz Europa verbreitete Familie vor mir, meine und Wilhelms Vettern und Basen, samt und sonders Fürsten, Herzöge und Grafen. Ja, glitzernde Sterne, unendlich weit entfernt, unerreichbar in ihrem Paradies, denn so empfand ich es jetzt, da ich mich durch eine unglückliche Schicksalsfügung in dieses rohe, unbegreifliche Land versetzt sah.

Einst waren Wilhelm und ich wie die meisten von ihnen gewesen, Fürsten ohne Fürstentum und Staat, doch ausgestattet mit Bällen, Lüstern, Hirschjagden, Lustgärten und Kutschen mit goldenen Wappen auf den Türen. Doch dann trübte sich plötzlich die kristallische Lichtheit dieses Zustands. Wir erfuhren, daß man uns mit einem Staat versehen wollte, nicht einem gepflegten Stück Erde mit Hainen, durch die vor dem Klang der Jagdhörner das Rotwild floh, sondern einem echten, lebendigen Land mit Untertanen, wo einen die Machenschaften politischer Wölfe um den gesunden Schlaf bringen oder sogar den Kopf kosten konnten.

Obgleich man mich von Anfang an nicht im unklaren ließ, daß dort das Ausmaß des Ränkespiels und der Verstrickungen (die meine selige Großmama wohl als spinnwebenartig bezeichnet hätte) in keinem Verhältnis zur geringen Größe des Staates stand, bezauberte mich der Traum von einem eigenen Reich. Ich verlor gewissermaßen mein Herz an dieses Land, und so unscharf und schillernd meine Passion damals auch gewesen sein mag, dieser Anhauch von Liebe ist, was mich selbst verwundert, nie verflogen. Bis dahin hatte ich bloß einen Prinzen zum Gemahl gehabt, nun, da der Staat dazukam, stand ich, Gattin und Fürstin in einer Person, zwischen den beiden. Man wird verstehen, wie verlockend dies für eine junge Frau von neunundzwanzig Jahren war.

Wilhelm indessen reagierte kühl. Manche unterstellten ihm, er ziere sich, doch das stimmte nicht, er war tatsächlich abgeneigt. »Es werden sich viele Schwierigkeiten auftun«, sagte er, »denen ich womöglich nicht gewachsen bin.« Und als ich eines Tages, um ihn bei seinem Stolz zu packen, sagte: »Du zauderst aus Furcht, ist es nicht so?«, erwiderte er zu meinem Staunen ganz ruhig: »Ja, ich habe Angst, warum soll ich es leugnen?«

Es kostete die Onkel und Tanten recht viel Mühe, ihn zu überzeugen. Sogar der Kaiser selbst, Franz Joseph, mußte in ihn dringen. Man hätte meinen können, ein Jüngling sträube sich gegen die Ehe mit einer kapriziösen Dame.

Ich dagegen war noch immer betört von dem Plan. Auf den Landkarten suchte ich nach unserem künftigen Land, und so winzig ich es fand, es war alt, überaus alt, fast doppelt so alt wie unser königliches Geschlecht, das doch zu den ältesten in Europa gezählt wurde. Durfte ich den Schilderungen glauben, war es sehr schön, mit hohen, von Nebeln umwallten Gebirgen. Ich stellte es mir vor als ein sonnendurchflutetes Flecklein Erde unter einem kristallblauen Himmel, eben erwacht aus einer fünfhundertjährigen asiatischen Nacht und noch ganz benommen vom quälenden Alpdruck.

Auf die Träume folgten die Sorgen. Wilhelm war leider nicht der einzige Anwärter auf den Thron. Die großen Mächte durchforschten die Adelshäuser, um ihre Auslese zu treffen. Ich verfolgte aufmerksam, was es an Nachrichten und Gerüchten gab, und verspürte Groll bei jedem Namen und Titel, der genannt wurde. Franz Joseph Prinz von Battenberg, der französische Duc de Montpensier, der Prince of Wales, ein weiterer Franzose, Louis Bonaparte, der Spanier Don Juan Aladro Castriota y Perez y Velasco, der sich für einen Nachfahren der berühmten albanischen Kastrioten hielt, ein belgischer Herzog, ein weiterer aus Skandinavien, dazu Prinz Ahmed Fuad, der einzige muselmanische Kandidat, auf dem zur allgemeinen Verwunderung der Vatikan und Rußland bestanden. Der österreichische Baron Franz von Nopsca, ein berühmter Geologe, der gleichfalls zur Auswahl stand, hatte mit dem Argument für sich geworben, er sei der beste Kenner des unterirdischen Albaniens und damit der Fundamente des Herrschaftsreichs, was ihn mehr als jeden anderen zum Regenten prädestiniere.

Erst viel später, als die Wahl schon auf Wilhelm gefallen war, erfuhren wir, welch komplizierte Vorgänge sich hinter unserem Rücken abgespielt hatten. Maßgeblich für Wilhelms Erfolg war unter anderem sein protestantisches Glaubensbekenntnis gewesen. Man hielt es nämlich für sinnvoll, daß der Regent dieses Landes, in dem drei Religionen miteinander wetteiferten, einer vierten Konfession angehöre.

Die offizielle Tour durch die Paläste der europäischen Herrscherhäuser war zu guter Letzt ausgestanden, sie kehrten aus dem kalten St. Petersburg zurück, und ich brannte darauf, endlich mein künftiges Land zu erblicken, gleich einer Braut, die sich nach dem Verlobten sehnt.

Wir näherten uns Albanien vom Meere her, und ich möchte nicht behaupten, daß es mich enttäuschte, doch anders, als ich es mir erhofft hatte, bot es sich mürrisch und kühl dar. Durch alle Farben schimmerte es von hinten schwarz hindurch, doch vielleicht bildete ich mir dies auch nur ein, weil ich so oft von einer Jahrhunderte währenden, unheilvollen Finsternis und dem schwarzen Doppeladler hatte sprechen hören, der sie dem Vernehmen nach symbolisierte? Undenkbar erschien es mir nicht, daß eine Finsternis von solcher Dauer allmählich durch die äußere Hülle hindurch ins Innere drang. Doch anders als Wilhelm war ich voller guter Erwartung. Jetzt, da es nach der asiatischen Leidenszeit seine europäische Mutter wiedergefunden hat, dachte ich, wird es schon heiterer werden.

Ich hatte zwei Volkstrachten dabei (sie sahen aus, als seien sie mit Schneekristallen bestickt), die ich bei den bevorstehenden Feierlichkeiten zu tragen beabsichtigte, Grammophonplatten mit alten Liedern und Balladen, altehrwürdige Musikinstrumente sowie ein Buch, das mir zur Erlernung der Sprache dienen sollte. Gleich nach der Ankunft entwarf ich einen Plan für meine ersten Unternehmungen in der Hauptstadt. Ich nahm an den religiösen Riten aller drei Religionen teil, wohnte der Grundsteinlegung für das protestantische Gottes-haus bei und stattete sodann einer wohltätigen Ein-richtung meinen Besuch ab. Wenig später lud ich die ausländischen Konsuln und Journalisten zu einem Empfang.

Bei dem Empfang, insbesondere jedoch nach der Lektüre des Berichts, den der getreue Buchberger über die chaotischen Zustände im Staate gefertigt hatte, ver-spürte ich zum ersten Mal eine gewisse Kälte in meinem Herzen. Danach sank meine Stimmung von Tag zu Tag, bis ich mich am Ende der vierten Woche, wie heute vor dem Spiegel sitzend, nur noch fremd fühlte. Fremd...

Fortan verzichtete ich auf wohlgemeinte Unterneh-mungen und zog mich, ohne Wilhelm mit meinen Kümmernissen zu behelligen, in die kristallische Welt der Spiegel und des Schaums zurück. Erstmals begriff ich, weshalb keine Prinzessin im Märchen ohne Spiegel auskommt. Mit wem soll man denn sonst seine Einsam-keit teilen?

Draußen brodelte es, Tumult, Zügellosigkeit und ro-her Wahn regierten, derweil ich seltsam ruhige Tage in der Badewanne und am Toilettentisch im Schlafgemach verbrachte.

Dauerhafte Freistatt war mir in meiner Kristallgrotte jedoch nicht vergönnt. Die Bestrebungen, mich daraus zu vertreiben, hat der vorgestrige Brief besiegelt. Meine gläserne Welt ist in tausend Stücke zersprungen.

Es wird bereits Abend. Wilhelm ist eben von einer Ausfahrt zurückgekehrt und hat sich mit Trotha in seinem Arbeitszimmer eingeschlossen. Noch immer verschweigt er mir den Brief.

Schon seit längerem schlafe ich schlecht, doch in der vergangenen Nacht war es eine rechte Qual. Es machten mir nicht nur Alpträume zu schaffen, sondern auch die Vorstellung, daß man allenthalben über mich redete, mit schimpflichen Worten meine Ehre befleckte, mich roh begehrte... Und das Sonderbarste ist, daß ich nicht nur Abscheu empfand, sondern zugleich eine heftige, mir bis dahin unbekannte Erregung. Hätte es zu den zwischen uns geltenden Gepflogenheiten gehört, solchen Neigungen des Augenblicks nachzugeben, wäre ich gewiß zu Wilhelm hinübergegangen. Gott sei Dank gelang es mir, mich zu bezähmen. Durch das Fenster sah ich den Kometen. In trügerischer Unbeweglichkeit stand er mitten am Himmel und ließ diesen in seiner furchtbaren Leere noch unerträglicher erscheinen als einen schwarzen Abgrund der Hoffnungslosigkeit.

Ich schaute hinauf und versuchte mein Gemüt zu besänftigen, indem ich mir den gewaltigen Abstand, in dem er vorbeizog, und seine schier unglaubliche Lebensdauer vergegenwärtigte (wenn er wieder am Himmel erschien, würden wir alle und vielleicht sogar die Erde nicht mehr existieren). Der Erfolg war begrenzt, denn wo die Unruhe versickerte, entstand sogleich ein Quell neuer Ängste. Dabei haben wir eigentlich keinen Grund, uns zu bemitleiden, dachte ich. Auf jemanden, der unsere Erde aus großer Ferne betrachtete, wirkte sie bestimmt sehr viel bedrohlicher als dieser Komet.

Aufruhr herrschte in meinen Gefühlen. Was war, wenn Wilhelm aus Gründen der Staatsräson doch in die Beschneidung eingewilligt hatte, ohne mir etwas davon zu sagen? Gestern war der Barbier länger als üblich bei ihm im Zimmer geblieben, und von Trotha hatte mir schließlich erklärt, der erforderliche chirurgische Eingriff sei so geringfügig, daß er in diesem Land gewöhnlich von Barbieren vorgenommen werde...

Ich will nicht verhehlen, daß mich der Verdacht für kurze Zeit beschäftigte, ehe ich ihn als närrisch verwarf. Immerhin wirkte er insofern nach, als ich nach dem Abendessen, ohne ihm in die Augen zu schauen, zu meinem Gatten sagte: »Wilhelm, gestern nacht hat mich die Angst nicht schlafen lassen. Darf ich denn, wenn sie wiederkehrt, zu dir kommen?«

Er maß mich mit einem gleichermaßen erstaunten wie forschenden Blick (offenbar versuchte er, die wahren Gründe meines kühnen Vorstoßes herauszufinden), nickte dann und sagte mit leiser, fast trauriger Stimme: »Selbstverständlich!«

Der Abend schleppt sich dahin. Geplagt von bösen Ahnungen, sehne ich mir Mitternacht herbei. Am liebsten würde ich sofort zu ihm gehen, doch bin ich auf die Geisterstunde angewiesen, um meine Ängstlichkeit einigermaßen glaubhaft erscheinen zu lassen.

Vom Uhrturm sind elf Schläge zu hören. Das nächste Mal, zur halben Stunde, wird die Uhr nur einmal schlagen. Ist es überhaupt nötig, Mitternacht abzuwarten? Schließlich wird sein Zeitgefühl nicht richtig funktionieren, wenn ich ihn plötzlich aus dem Schlaf reiße.

Ich erhebe mich aus dem Bett und öffne vorsichtig die Tür. Der Bronzeleuchter verbreitet auf dem Flur ein dämmeriges Licht. Jetzt bin ich an seiner Tür und drücke, um ein lautes Geräusch zu vermeiden, ganz behutsam die Klinke herunter. Dabei spreche ich mir Mut zu: Fasse dich, du führst weder Gift noch Dolch mit dir, sondern bist nur eine treusorgende Ehefrau, die ihren Gatten mit Liebe beschenken möchte.

Er schläft, das spüre ich sogleich. Die Art, wie er sich regt, als ich zu ihm ins Bett schlüpfe, zeigt mir, daß der Schlaf ihn noch immer nicht verlassen will. Starr liege ich neben ihm und versuche meine Atemzüge zu kontrollieren. Der Himmel draußen vor dem Fenster ist stockfinster, und kein Komet läßt sich entdecken. Trotzdem, obwohl er nicht da ist, beruhige ich mich ein wenig.

Wilhelm rührt sich nicht. Ich höre sein regelmäßiges Atmen. Ein leichtes Stöhnen scheint mitzuschwingen. Was ist, wenn er es tatsächlich getan hat? Es mag kindisch sein, so zu denken, aber das stört mich nicht. Langsam strecke ich die Hand nach dem unteren Teil seines Leibes aus. Ob ich dies tue, um nach einem Verband zu suchen, oder ob die Suche nach dem Verband nur der Vorwand für eine Zärtlichkeit ist, wie ich sie mir noch nie herausgenommen habe, könnte ich selbst nicht sagen.

Dong, dong, dong... Die Turmuhr ist schuld, daß ich meine Hand schnell zurückziehe.

Ich warte den letzten Schlag ab, nach dem der Himmel in öder Verlassenheit zurückbleibt. Eben schicke ich mich an, neuerlich die Hand auszustrecken, als ein ohrenbetäubender Knall alles erbeben läßt.

Wilhelm fährt aus dem Schlaf auf. Die Fensterflügel zittern immer noch.

»Was ist los?« fragt er erschrocken.

Er hat keine Zeit, sich über meine Anwesenheit in seinem Bett zu wundern. Beide stürzen wir zum mittleren Fenster und schauen hinaus. Feuchte Nacht und Angst. Dann leckt und flackert plötzlich irgendwo zur Rechten eine rötliche Flamme in der Finsternis.

»Eine Fackel«, flüstere ich.

»Wo?«

»Dort!«

»Ach ja... Ein Signal...«

Noch nicht einmal ein Stoßgebet bringe ich zustande, o Herr, sei uns gnädig, denn ein Pfeifen ist zu hören, und Wilhelm zerrt mich rasch vom Fenster weg.

X

Du zählst die Schläge der Turmuhr. Zwölf müssen es sein. Hast du kapiert? Benutz die Finger, damit du nicht durcheinanderkommst. Erst die linke Hand, dann die rechte, dann den Daumen der linken Hand und zum Schluß den rechten Daumen. Wenn du danebenhaust, laß ich dich aufknüpfen.«

Der Befehl kam von Haxhi Qamili höchstpersönlich. Als er merkte, daß seine Drohung keinen Eindruck auf mich machte, sagte er noch: »Glaub bloß nicht, das ist ein Scherz. Die Sache kann dich den Kopf kosten. Verstanden?«

Dann fragte er mich nach meinem Namen, aber man merkte, daß er ihn zum einen Ohr hinein- und zum anderen wieder hinausließ. Mir war das egal. Er hat bei uns das Sagen, und das bedeutet, daß er vergessen darf, wie wir heißen und woher wir stammen. Andersherum gilt das natürlich nicht. Bewahre!

Die Leute behaupten, daß er nicht alle Tassen im Schrank hat, aber er ist unser Anführer. Wenn er sagt, der Sultan ist unser Vater, dann sagen wir es auch. Wenn er morgen auf den Vater pfeift, dann pfeifen wir mit. Als er sich mit den Serben einließ, standen wir hinter ihm. Jetzt, wo er mit den Serben über Kreuz ist, hat sich daran nichts geändert. Er kann sich wenden, wohin er will, wir sind wie sein Schatten, wir folgen ihm.

Gott lenkt, was ein Mensch denkt. Der Schnaps im Bauch ist nicht der Schnaps in der Flasche. Jeder tickt anders.

Ich befolgte meine Anweisungen ganz genau. Unterwegs fiel ich keinem auf. Als ich schließlich ankam, suchte ich mir ein Versteck, aß schnell ein Stück Maisbrot mit Ziegenkäse und wartete, bis es Mitternacht wurde. Als die Turmuhr zu schlagen anfing, fuhr ich zusammen. Ich nahm die Finger zu Hilfe und zählte, dong, dong, dong, erst die linke Hand, dann die rechte, dann den Daumen der linken Hand und zum Schluß den rechten Daumen. Als ich fertig war, schickte ich ein Stoßgebet zum Himmel, zog die Fackel unter der Jacke hervor, setzte sie in Brand und fing mit dem Schwenken an.

Die erste Granate ließ auf sich warten. Mindestens kam es mir so vor. Ich hatte genug Zeit, an meine Kinder zu denken, an das undichte Dach und die neue Türschwelle, die wir brauchen. Wer weiß, ob ich überhaupt noch einmal Gelegenheit habe, durch die Tür ins Haus zu treten. Warum schießen die nicht, dachte ich, die müssen mich doch sehen?

Gleich darauf rauschte die erste Granate heran. Mir blieb fast das Herz stehen. O Herr, sei mir gnädig, murmelte ich, schloß die Augen und machte sie erst wieder auf, als ich den Einschlag hörte.

Der Schuß lag ein ganzes Stück daneben. Mit aller

Kraft schwenkte ich die Fackel. Keiner sollte behaupten können, er hätte nichts gesehen. Was konnte ich dafür, wenn sie schlecht zielten.

Zähl mit. Vier Schüsse, einen fünften wird's nicht geben. Wenn du die vierte Granate überlebst, bedank dich bei Gott und mach, daß du wegkommst.

So lautet die Anweisung.

Im Finstern seh ich das Haus, das sie unter Feuer nehmen, nur ganz verschwommen. Wem es gehört und weshalb sie darauf schießen, weiß ich nicht. Wenn es mir niemand sagt, geht es mich auch nichts an. Wahr‐ scheinlich gehört es Esad Pascha. Oder dem König. Haxhi Qamili kann alle beide nicht ausstehen. Sowe‐ nig, wie sie ihn oder die beiden sich gegenseitig.

Aber das ist nicht meine Sache. Ich bin bloß dazu da, das Zeichen zu geben. Für den Rest sind andere zuständig. Wie es heißt, schläft hier in der Gegend die Königin. Sie soll schneeweiß sein und den ganzen Tag in Schaum baden. Wie eine Bergfee.

Wann kommt endlich der zweite Schuß? Langsam wird mein Arm steif. Vielleicht ist die Kanone kaputt‐ gegangen. Wenn es so weitergeht, werde ich noch ent‐ deckt. Nein, da pfeift es wieder... Sie kommt! Ja, da muß sie hin...

Ich schließe wieder die Augen und bitte unsern Herrgott, mich zu verschonen. Der Einschlag ist schon ziemlich nahe. Fast wäre mir das Trommelfell geplatzt.

Zwei bleiben noch. In der Ferne ist schon Lärm zu hören. Die sollen endlich schießen, sonst werde ich noch erwischt. Für was bete ich da überhaupt? Wenn die Granate trifft, bin ich hin. Ich bin nämlich das Ziel. Falls ich davonkomme, zünde ich eine Kerze beim Guten Stein an und eine zweite beim...

Es pfeift wieder! Herr, wenn's denn möglich ist, sei gnädig und verschone mich... O je, die kommt genau auf mich zu... Oder doch nicht? Nein, das... O Gott, sei meiner Seele gnädig... Oh! Ooooh!

XI

Wer hatte mit der Kanone geschossen und weshalb gerade auf das Ministerium für öffentliche Arbeiten? Und wer hatte mit der Fackel das Zeichen gegeben?

In der kleinen Hauptstadt brodelte die Gerüchteküche. Einheimische wie ausländische Journalisten gaben sich im österreichischen und französischen Konsulat die Klinke in die Hand, sprachen bei Hofmarschall von Trotha vor und begaben sich danach unverzüglich in den Salon der schönen Sara Stringa, wo sich die Hautevolee von Durrës zu versammeln pflegte. Mit verdoppeltem Eifer eilten sie von dort aus zum englischen Konsul, zur Wahrsagerin Hançe Hajdija aus Peza e Madhe, die dem Vernehmen nach der bestürzten Königin die Karten gelegt hatte, zu Mister Phillips, der als Statthalter der Großmächte fungierte, zum Nonnenkloster und schließlich zur Obertschengi Hyrija.

In ihren eilig zu Papier gebrachten Reportagen versuchten sie, sämtlichen Mutmaßungen gerecht zu werden. Den Sturzbach der Sätze beruhigten viele durch poetische Betrachtungen über die Ruinen des Hauses, in dem Cicero vor zweitausend Jahren so gerne seine Ferien verbracht hatte, und als die stolzen Schreiberlinge ihre Elaborate am Ende noch einmal durchlasen, sahen

sie sich häufig genötigt, die überschießende Verwendung des Wortes »Rätsel« durch Streichungen zu korri-
gieren, ohne daß es dadurch des Prädikats »meistge-
brauchter Begriff« verlustig gegangen wäre.

Das Ereignis war ja auch wirklich mehr als mysteriös.

Die Augen gerötet von Schlaflosigkeit, von all den
wilden Vermutungen, dem lockenden Lächeln der Sara
Stringa, den endlosen Floskeln des italienischen Konsuls, der Schellentrommel der Obertschengi und der fri-
schen Meeresbrise, versuchten sie das Gehörte in einen
logischen Zusammenhang zu bringen, verhedderten
sich aber nur immer noch mehr. In fiebrigem Eifer reka-
pitulierten sie konfuse, einander widersprechende Argumente: England habe, was die innere Verfassung Albaniens anbelange, die gleichen Interessen wie Frankreich,
keineswegs jedoch in der Grenzfrage. Rußland wolle
sich endlich seinen alten Traum erfüllen, am Mittelmeer
Fuß zu fassen, was fraglos nur durch eine Stärkung Serbiens zu erreichen sei, werde an der Verwirklichung dieses Begehrens allerdings von Österreich gehindert, das
Italien zwar gegen Griechenland an seiner Seite habe,
sonst aber... sonst aber...

Daß ein paar Kanonenschüsse so viel Verwirrung im
Kopf eines Menschen hervorrufen konnten! Nach dieser erschütternden Erfahrung schauten sie über die Dä-
cher der niedrigen Häuser hinweg auf das weite Meer
hinaus und versuchten eine Erklärung dafür zu finden,
weshalb so viele völkerumfassende Ränke und Machen-

schaften sich ausgerechnet in dieser traurigen Einöde am Ende der Welt verquickten. Und als nach der Ausweisung eines der Spionage verdächtigten Diplomaten der oberste Vertreter des Internationalen Roten Kreuzes scherzhaft äußerte: »Ehrlich gesagt, es wäre ein Frevel, in dieser Hauptstadt nicht mindestens Dreifachagent zu sein«, da warf man sich lachend vielsagende Blicke zu, weil offenbar jeder schon einmal solche sündigen Neigungen verspürt hatte. Am Ende stellte man die Bemühungen, Licht in die dunkle Angelegenheit zu bringen, erschöpft ein und konzentrierte sich fortan auf den geheimnisvollen Mann, der in jener aufsehenerregenden Nacht die Fackel geschwenkt hatte.

Nicht nur die Fürstin hatte ihn gesehen, doch wurde ihrem Zeugnis bei der Auswertung einer Vielzahl von Archivdokumenten sicherlich die größte Bedeutung beigemessen. Der Name, die Nationalität und die sonstigen Lebensumstände des Menschen, der sich opfermütig zur Zielmarkierung für das Kanonenfeuer hatte machen lassen, wurden nie geklärt. Er war durch das Geschoß völlig zerfetzt worden, und man hatte nichts gefunden, durch das eine Identifizierung möglich gewesen wäre, sieht man einmal von dem schmutzigen, halbverkohlten Stofffetzen ab, der genausogut Überrest einer Pumphose wie einer jener langen Baumwollunterhosen hätte sein können, wie sie von den Soldaten sämtlicher Armeen getragen wurden.

Nachdem es ihnen trotz heftiger Bemühungen nicht gelungen war, auch nur bruchstückhafte Erkenntnisse über den Zerfetzten zu gewinnen, wandten sich die Forscher in stiller Übereinkunft gleichzeitig von ihm ab, verließen gewissermaßen den festen Erdboden und widmeten sich fortan dem lodernden Kienspan, von dem die Fürstin aus eigenem Augenschein zu berichten gewußt hatte, als sei diese Fackel geeignet, ein Licht nicht nur auf die Person, sondern auch auf ihre heimlichen Beweggründe zu werfen. Der niederländische Offizier, der in der betreffenden Nacht das königliche Haus bewacht hatte, sprach von einem kometenartigen Lichtfetzen *(lichtvlekken zichtbaar die als kometen),* womit der Verschwundene, der namenlos Verlorene, tatsächlich sehr treffend beschrieben war: Denn einer Sternschnuppe gleich hatte er nur einen winzigen Moment lang in der tiefen Finsternis geleuchtet, ein flackerndes Flämmlein auf dem Weg vom Nichts zum Nirgendwo, womit letztlich nicht nur sein persönliches Schicksal, sondern gleich auch der Weg eines jeglichen Menschenwesens auf dieser Erde sinnbildhaft beschrieben wurde.

Einige gingen sogar noch weiter, und zwar nicht nur in privaten Briefen, sondern auch in amtlichen Zeugnissen, indem sie das unstete Licht als Widerschein einer friedlosen Seele, als undeutliche Botschaft interpretierten, die aus den geheimnisvollen Tiefen Albaniens heraufdrang, ohne verstanden zu werden.

XII

Die Debatten über die gewiß mysteriöse Flamme hatten selbst in der engen und weltabgeschiedenen Hauptstadt, die Schauplatz des Vorfalls gewesen war, nicht lange Bestand. Ende der Woche ließen sie bereits nach, und bald waren sie völlig eingeschlafen.

Es war Samstagnachmittag. Vom Fenster aus schaute der italienische Konsul eine Weile lang der Kutsche seines französischen Kollegen nach, die auf der Hauptstraße rasch in Richtung des königlichen Hauses unterwegs war. Was wollte er um diese Stunde dort?

Doch die Kutsche fuhr mit kaum verminderter Geschwindigkeit am Tor mit dem königlichen Wappen vorbei. Der italienische Konsul verspürte einen Stich im Herzen, als er feststellen mußte, daß sie rund fünfzig Schritte weiter vor dem Haus der Sara Stringa zum Stehen kam. Aus Erfahrung wußte er, daß Eifersucht an Wochenenden besonders quälend empfunden wurde. Sein einziger Trost war, daß die Wohnung samstags allen Leichtfüßen der Hauptstadt als Treffpunkt diente. Er sah sie vor sich: Die frisch akkreditierten Diplomaten, die auf Neuigkeiten aus waren und gewöhnlich doch nur etwas auffischten, das sie kurz zuvor selbst in die Welt gesetzt hatten, die holländischen Offiziere, deren Anziehungskraft durch ihre Sprachunkenntnis of-

fenbar eher wuchs als beeinträchtigt wurde, und schließlich die verdrießliche Meute der Journalisten, die einer-
seits klagten, sie würden sich in dieser Einöde zu Tode
langweilen, auf der anderen Seite aber alles taten, um
ihren Abschied so lange wie möglich hinauszuzögern.

Wer trug wohl die Schuld daran, daß sie sich ihm
gegenüber in letzter Zeit merklich kühler verhielt? Die
Rösser vor der Kutsche des französischen Konsuls machten auf ihn heute einen ungewohnt fröhlichen Eindruck, und er überlegte, ob er tatsächlich irgendwo gelesen hatte, daß sich in der Stimmungslage von Pferden
die emotionale Verfassung ihres Herrn widerspiegelte,
oder ob er sich solches unter der Wirkung dieses kum-
mervollen Spätnachmittags nur einbildete.

Der italienische Konsul war indessen nicht der einzige, dessen Aufmerksamkeit von der Kutsche des Franzosen gefesselt wurde. Durch die schwitzenden Fensterscheiben seiner winzigen Wohnung (»Isba« sagten
seine Kollegen spöttisch dazu) sah der russische Konsul
nur verzerrt, was sich draußen auf der Straße abspielte,
trotzdem konnte er die erst kürzlich neu vergoldeten
Buchstaben »RF« auf beiden Türen der Kutsche gut erkennen.

Mit einem Blick, der müde Verachtung ausdrückte,
murmelte er vor sich hin: »Du hast es aber wieder eilig,
mein Täubchen!«

Obwohl sich das Haus des österreichischen Konsuls
in einer Seitengasse befand, vernahm er das Knarren der
Räder so deutlich wie die anderen. Er erwog, auf den

rückwärtigen Balkon hinauszutreten, von dem aus man einen Teil der Hauptstraße einsehen konnte, doch der Wust von Papieren auf seinem Schreibtisch hielt ihn davon ab. Er klingelte nach dem Diener.

»Ach Hans, dedst bittschen amol nochschaun, obs die Kutschen von dem Franzosen woa, wo grod voabai, gfoan is, und wo s' gholtn hot.«

Die Tür schloß sich wieder, und er drückte seine Zi, garette im Aschenbecher aus. Den Rauch des letzten Zuges blies er in einer Wolke über die Unterlagen und aufgeschlagenen Wörterbücher auf dem Tisch.

Ach, seufzte er. Es wäre wohl sehr viel leichter ge, wesen, einen Muselmanen zum katholischen Glauben zu bekehren, als den geheimen Rapport ihres wichtig, sten Spions bei den Esadisten in eine einigermaßen verständliche Sprache zu bringen. Der Bericht enthielt wichtige Informationen über eine Spaltung der esadisti, schen Bewegung, auf die man in Wien ungeduldig war, tete, doch er kam einfach nicht voran. Oh, was für eine Tortur, stöhnte er zum wiederholten Male. Seit zwölf Stunden bemühte er sich vergeblich, dieses nach den Folgen eines Schlaganfalls klingende Gestammel voller Turzismen zu entschlüsseln, die zum größten Teil in den enzyklopädischen Wörterbüchern nicht zu finden waren. Mehrfach hatte er kurz vor der Kapitulation ge, standen, um dann mit verdrießlichem Gesicht doch wei, terzumachen, wobei er wie ein Narr vor sich hin mur, melte: »Harr ..., harr ..., har mit einem R, har ... haram.« »Unübersetzbare muselmanische Redewen,

dung.« Pah, was für ein niederträchtiges Wörterbuch.
Am liebsten hätte er ausgespuckt. Das waren lauter
vertrottelte Greise in der Akademie. Der Rapport ergab einfach keinen Sinn, er war eine einzige Katastro-
phe. Das Geschwafel dieses Hohlkopfs konnte ihn seine Karriere kosten. Gott, wer warb denn solche Leute
an?

Ein zauderndes Klopfen an der Tür riß ihn aus seinen lästerlichen Gedanken. Es war Hans.

»Bitte, der Herr, 's woa die Kutschen vom Franzo-
senkonsul, foam Doa von döa Sara Schtringa.«

»Aha«, stieß der Konsul hervor. Dabei dachte er:
Diese Hure verdreht wirklich allen den Kopf. »Und
sonst?«

»Nix, der Herr. Bloß bei dem dürkischen Konsulat
hod a Hodscha anglopft, oba drinna hot si nix griahrt.«

»Ein Hodscha?« wiederholte der Konsul und ver-
kniff sich ein Lächeln. »Is scho guat, Hans«, sagte er,
und als der Diener hinausgegangen war, kehrten seine
Gedanken in den Salon der Kurtisane zurück. Er malte
sich aus, wie alle um sie herumscharwenzelten, wobei er
konstatieren mußte, daß die Vorstellung keinerlei Verachtung für die betreffenden Herren bei ihm auslöste,
sondern eher den Geschmack von Neid hatte. Nun ja,
immerhin war es besser, sich von einer schönen Frau um
den Verstand bringen zu lassen als von diesem anatoli-
schen Strohkopf. Inzwischen war es bereits vier Wochen
her, daß er selbst zum letzten Mal zu den Gästen der
jungen Frau gehört hatte. Er seufzte.

Im wesentlichen war die bei Sara Stringa versammelte Gesellschaft so zusammengesetzt, wie es der österreichische Konsul vermutete. Ausnahmsweise ersetzte ein katholischer Pfarrer aus der Diözese Orosh einen der holländischen Offiziere, von dem es hieß, er sei verwundet worden. Außerdem fehlte der italienische Konsul, und Sara trug an diesem Abend anstelle des gewohnten schwarzen ein etwas helleres, smaragdgrünes Satinkleid. Und schließlich ging es auch bei dem Gespräch am Kamin um andere Themen als sonst.

»Sie staunen also über den Wust von staatsähnlichen Gebilden beziehungsweise Stätlein, wenn dieses Diminutiv sprachlich erlaubt ist, die im kleinen Albanien aufgeschossen sind wie Pilze nach dem Regen«, sagte der Pfarrer, an den französischen Konsul gewandt. »Wenn ich ehrlich bin, mich wundert, daß es noch so wenige sind.«

»Ach, so wenige?« amüsierte sich der Franzose. »Sie haben offenbar ein Faible für das Paradoxe.«

»Keineswegs«, gab sein Gesprächspartner freundlich zurück.

Der Konsul sprach erst weiter, als die Spuren des Lachens von seinem eigenen Gesicht verschwunden und auf die Gesichter der versammelten Zuhörer übergegangen waren.

»Diese absurde Anhäufung von Fürstentümern, Republiken, Protektoraten, Paschaliks oder was auch immer auf knapp dreißigtausend Quadratkilometern reicht Ihnen noch nicht?«

»Das stimmt, Herr Konsul. Ich hätte mit viel mehr gerechnet.«

»*Ma foi!*« rief der Franzose.

»Lassen Sie mich versuchen, es Ihnen zu erklären«, sagte der Pfarrer. »Sie wissen sicher, daß die Albaner fünfhundert Jahre lang auf einen eigenen Staat warten mußten...«

»Natürlich, aber das macht die Sache ja nur noch schlimmer«, unterbrach ihn der Konsul. »Sie besaßen keinen Staat, das heißt, sie sind ganz unvertraut mit die‹ sem Handwerk oder dieser Passion, wenn man es ein‹ mal so nennen möchte. Wahrscheinlich wollen Sie mir sagen, daß die Albaner in diesen fünfhundert Jahren eine solche Sehnsucht nach einem eigenen Staat entwik‹ kelt haben, daß...«

»Nicht so eilig«, meinte der Pfarrer. »Lassen Sie mich einfach weiterreden.«

»Bitte, wie Sie wünschen.«

»Sie haben das schon richtig angesprochen: Wenn einer Nation jahrhundertelang etwas vorenthalten wurde, in diesem Fall der eigene Staat, dann sehnt sie sich danach«, fuhr der Pfarrer fort. »Doch diese Passion, wie Sie es nennen, dieser Rausch, dieses heftige Verlan‹ gen, das ich, wenn Sie mir diese Wortschöpfung erlau‹ ben, als Staatsgründungssyndrom bezeichnen würde, beschreibt nur einen Teil des Phänomens, und zwar den weniger wichtigen.«

Der Pfarrer nahm von der Hausherrin eine Tasse Kaffee entgegen und begann in so kleinen Schlück‹

chen zu trinken, daß der Konsul erneut die Geduld verlor.

»Und was ist die Hauptsache?« fragte er.

»Das genaue Gegenteil.«

Der Pfarrer antwortete nicht gleich, sondern führte erst die Kaffeetasse zum Mund, obwohl der Konsul hätte schwören können, daß diese schon lange leer war. Mit spöttisch gekräuselten Lippen breitete er scheinbar hilflos die Arme aus, womit er wohl ausdrücken wollte, daß ihm der Geistliche auf die Nerven ging, und wartete.

»Also, es handelt sich um das genaue Gegenteil«, fuhr der Pfarrer schließlich fort, wobei er sich nach einem Platz für seine leere Kaffeetasse umschaute.

»Sie halten die Albaner für unerfahren, was das Staatshandwerk anbelangt, Herr Konsul. Dem stimme ich nicht zu. Im Osmanischen Reich gab es eine so große Zahl von Albanern in hohen Funktionen, daß sich wohl kaum eine andere Nation wird finden lassen, die ohne eigenen Staat derart viele Staatsmänner hervorgebracht hat. Die Albaner beherrschen also die Kunst, den Staatsapparat am Laufen zu halten, aus dem Effeff, wenn ich es einmal so nennen darf.«

»Ach so«, meinte der Konsul, »daran habe ich natürlich nicht gedacht.«

»Nun«, sprach der Pfarrer weiter, »alle diese hohen Würdenträger, Generale, Deputierten, Gouverneure, Admirale, Minister, Premierminister, diese endlose Schar von Machthabern und Amtsträgern wäre ausrei chend, um einen halben Erdteil mit Regenten zu versorgen.«

»Und die endlose Schar, von der sie sprechen, ist nun auf dem Weg hierher, um den neuerstandenen albanischen Staat zu regieren...«

»Vielleicht nicht leibhaftig«, unterbrach ihn der Pfarrer, »aber als Geist.«

Ihre Zuhörer (zwei ausländische Journalisten, der Kabinettschef im Ministerium für öffentliche Arbeiten und Sara, die sich neuerlich dazugesellt hatte) schauten einander fragend an.

»Die staatsgründerischen Fähigkeiten der Albaner überschreiten bei weitem die Möglichkeiten dieses winzigen Fetzens Erde hier«, fuhr der Pfarrer fort. »Sie fühlen sich eingeengt. Daher die nervöse Hast, mit der allerorten Ableger des Hauptstaats aus dem Boden gestampft werden. Bezogen auf das grassierende Staatsgründungsfieber, erscheint mir die Zahl der tatsächlich entstandenen Klein- und Kleinststaaten immer noch relativ gering.«

Der Franzose schwieg eine Weile. Dann fragte er:

»Und warum unterbleibt, was Ihrer Meinung nach eigentlich eintreten müßte? Warum gibt es keine Überschwemmung mit Mini- und Mikrostaaten?«

Der Pfarrer verschränkte die Arme.

»Ja, das ist das Rätsel.«

»Aha, da haben wir es endlich wieder, dieses Wort. Heute mußten wir länger als sonst darauf warten.«

Alle lachten.

»Von einem Rätsel kann man wahrscheinlich nicht reden«, mischte sich der Redakteur der Wochenzeitung *Unglückliches Albanien* ein. »Sie verzeihen mir, Sara, wenn ich Ihr Lieblingswort ein wenig entdramatisiere.«

»Oh, bitte, bitte«, meinte Sara.

»Wie gesagt, für mich ist nichts Rätselhaftes an diesem Umstand«, fuhr der Journalist fort. »Man könnte von einem Akt der Selbstbeschränkung sprechen, einem Opfer zum Wohle des Vaterlands.«

»Ach, meinen Sie?« staunte der Konsul.

»Der erste albanische Ministerpräsident hatte vorher ein Gebiet verwaltet, das zehnmal so groß ist wie Albanien«, erläuterte der Journalist. »Er kannte die Hälfte der europäischen Außenminister persönlich und galt als Vorzeigediplomat des Reiches, doch schon als der junge Staat seine erste Krise erlebte, verzichtete er auf die Macht, um eine Spaltung zu vermeiden.«

»Das stimmt allerdings«, erwiderte der Konsul, »wenn ich mich recht erinnere, entstand eine Rivalität mit Esad Pascha, und man wollte, daß beide auf die Macht verzichteten ... Aber Sie langweilen sich bestimmt bei diesen Gesprächen«, wandte er sich dann an die Hausherrin.

»Nein, überhaupt nicht«, meinte Sara, und wer ihre Augen funkeln sah, glaubte ihr gerne. Trotzdem wechselte man das Thema. Man unterhielt sich über den Kometen, dessen Schweif immer länger wurde, über die bedenklichen Nachrichten, die von den Grenzen im Norden und im Süden eintrafen, und über eine neue

Streitmacht mit dem furchteinflößenden Namen »Die Mahlsteine«, die aus südöstlicher Richtung auf die Hauptstadt zurückte. Ihr Anführer Shestan Verdha galt als der stattlichste Komit, der je durch Albaniens Berge gezogen war.

Als die äußere Erscheinung des Freischärlers zur Sprache kam, wandten sich, wie abgesprochen, alle Blicke Sara zu. Das Feuer im Kamin warf einen rötlichen Schimmer auf ihre Wangen, die dadurch noch ebenmäßiger erschienen, wie es auch der Fall war, wenn ihre langen Wimpern sie beschatteten.

Jemand erwähnte, wahrscheinlich, um das Schweigen zu beenden, vielleicht aber auch, weil er tatsächlich gerade daran denken mußte, das wiederholte Ansinnen an den Herrscher, sich beschneiden zu lassen, und wieder brachen alle in schallendes Gelächter aus.

Gut gelaunt widmete man sich weiter diesem Thema, und Sara sprach eben das französische Wort *circoncision* mit kokettem Zungenschlag aus, als der österreichische Konsul eintrat.

»Die fröhliche Stimmung hier tut einem wirklich wohl«, sagte er, nachdem er seinen Mantel abgelegt hatte.

»Regnet es denn?« fragte jemand.

Der Konsul fuhr sich mit der Hand durch das feuchte Haupthaar.

»Draußen herrscht nichts als Regen und Trübsal, meine Herren.«

Er ließ sich von der Hausherrin ein Glas Wein rei-

chen, wobei sein gerade erst vom Verdruß des Büros be-
freiter Blick wohlwollend auf ihr ruhte, und fragte leise:

»Was bedeutet eigentlich *haram?*«

Die schöne Gastgeberin schenkte ihm ein Lachen,
das, den ganzen Abend lang zurückgehalten, ganz tief
aus ihrem Innern zu kommen schien. Es war von strah-
lendem Klang, und alles nahm daran teil, die Ohrringe,
die Perlenkette um ihren Hals und auch das smaragd-
grün schillernde Kleid.

Sie schien es selbst als befreiend zu empfinden, denn
die Stimme, mit der sie dem Neuankömmling antwortete, war sanft und heiter:

»Für sich allein, aus dem Zusammenhang gerissen,
läßt sich das Wort nur schwer erklären. Zum Beispiel
gibt es seit kurzem ein Lied, das mit den Worten be-
ginnt: ›*Haram të qoftë dashuria ime*‹, was man mit ›Meine
Liebe soll dir zum Verhängnis werden‹ übersetzen
könnte. *Hallall* dagegen...«

»Ach, das wollte ich eben fragen ... Das ist dann
wohl das Gegenteil, oder?«

»Genau!« Ihre Augen glänzten tiefer, dunkler.
»›*Hallall të qoftë dashuria ime.*‹ Das ist kein Lied mehr,
Konsul, das soll heißen: Erfreue dich meiner Liebe...«

Sein Blick ruhte auf ihrer Stirn, reglos, starr, und
schien zu bitten: Zerstör mich nicht!

XIII

Saras Mutter wartete, bis das Rattern der letzten Kutsche in der Ferne verklungen war.

»Sara, du bist geworden ganz verrückt«, sagte sie in
ihrem holperigen Albanisch, das ihr noch mehr Mühe
machte, wenn sie wütend war. »Vor eine Woche hast du
vor meine Augen geküßt italienische Konsul, heute du
küßt österreichische Konsul. Was wirst du machen an
nächste Samstag? So rede, warum gibst du keine Antwort?«

Dicke Perserteppiche bedeckten den Fußboden des
geräumigen Zimmers, das durch einen Kachelofen be-
heizt wurde. Darüber hing ein Hochzeitsfoto, in dessen Rahmen ein Ausschnitt aus der Zeitung *Die Stunde
Albaniens* steckte: »Unser Landsmann Qemal Stringa
hat mit der schönen Hebräerin aus Malta den Bund fürs
Leben geschlossen.« Die Atmosphäre dieses Raumes
steigerte den Vorwurf, der aus den Worten der Witwe
sprach.

Halb entkleidet, ohne ihre Perlen und den übrigen
Schmuck, den sie achtlos zu ihrem Kleid auf das Kana-
pee geworfen hatte, bot Sara einen reizenden Anblick.
Zufrieden betrachtete sie sich im hohen Bronzespiegel.
Auf ihren Hüften hatte das Korsett Spuren hinterlas-
sen, und weitere, weniger auffällige waren an ihrem

Hals zu entdecken. Sie stammten vermutlich von dem Österreicher.

»Du willst nicht mir antworten«, beklagte sich die alte Dame. »Du bist einziges auf Welt, was ich habe, und willst nicht sprechen mit mir.«

Vor dem Spiegel dachte Sara: Manchmal ist es gut, wenn man eine ausländische Mutter hat. Das sonderbare Albanisch milderte ein wenig die Dramatik des Augen⸗blicks, die sonst als quälend empfunden worden wäre.

Als hätte sie die Gedanken ihrer Tochter erraten, begann die alte Dame laut zu weinen. Wie immer bei solchen Tränenausbrüchen fühlte sich Sara schrecklich, auch wenn sie aus Erfahrung wußte, daß ihre Mutter bald die Sprache wiederfinden würde. Und tatsächlich, nach einer Weile begann sie unter Schluchzen zu reden, wenn auch mit matter Stimme und in ihrer Mutterspra⸗che. Obwohl Sara kein Wort verstand, wußte sie genau, um was es ging: um das Lebensleid der verwöhnten ein⸗zigen Tochter aus gutem maltesischen Hause, die in jun⸗gen Jahren unglückseligerweise einem ausländischen Abenteurer begegnet war, Saras Vater, der sich nie ent⸗schließen konnte, den erlernten Beruf eines Straßenbau⸗ingenieurs auszuüben, und sogar die stattliche Asphal⸗tiermaschine, die er auf hartnäckiges Drängen seiner Gattin hin erstanden und unter gewaltigem Aufsehen nach Albanien eingeführt hatte, vor sich hin rosten ließ, bis er sie dann endlich gegen ein verstimmtes Klavier eintauschte, das seiner frustrierten Ehefrau über viele kummervolle Stunden hinweghalf.

Das Schluchzen verlor allmählich an Heftigkeit, und bald konnte Sara erleichtert aufatmen, denn ihre Mutter kehrte zur albanischen Sprache zurück.

»Ich dich gar nicht kann begreifen. Heute österreichischer Liebhaber, morgen eine Minister, Adjutant von König, dann vielleicht König selbst.«

»Warum auch nicht?« gab Sara zurück. Im Spiegel sah sie ihre Wangen rötlich schimmern. »Ich würde ihm bestimmt viel besser gefallen als dieser Eisbrocken in seinem Bett.«

»Ah, da sieht man. Große Gott, hab ich doch gewußt«, rief die alte Frau entsetzt. »Hab ich schon bemerkt, daß du Königin nicht magst, aber daß du so verrückt, ich nicht geglaubt. Wird uns kosten den Kopf. Verfluchter Tag, wo ich gestolpert über deine Vater.«

Erneut fing sie laut zu weinen an. Sara strich sich eine Haarsträhne in den Nacken, wobei sie über die neue Frisur nachdachte, die sie in einer Zeitschrift gesehen hatte. Vielleicht würde sie schon am kommenden Samstag ihre Gäste damit erfreuen.

»Gehen wir fort«, sagte ihre Mutter. »Diese Platz nicht gut für uns. Eines Tages wir werden enden an Galgen als Spione.«

»Ach, schau an«, rief das Mädchen. »Und weshalb?«

»Wegen dir. Weil du verdächtig dich benimmst. Höre, Tochter, ich habe keine gute Gefühl. Gehen wir fort. Gehen wir nach Paris, Nizza, nur nicht wir sollen bleiben hier.«

»Nein«, sagte Sara, »ich will nirgends hin.«

»Das nicht dein Ernst!«

»Nirgends«, wiederholte Sara. »Mir gefällt das Leben hier.«

»Das nicht möglich. Du sprichst so nur, mir alte Frau zu vergiften das Leben.«

Das Weinen, in das sie gleich darauf ausbrach, war noch lauter als vorher. Sara ging zu ihr, nahm sie sanft in den Arm und sagte leise:

»Ach, Mama, es ist ja nicht, weil ich dir Kummer bereiten möchte. Glaub mir, hier hat mir das Leben einfach am meisten zu bieten. Alles andere kannst du von mir verlangen, nur das nicht. Ich kann nicht weg von hier, ich kann einfach nicht.«

»Aber warum? Warum?« fragte ihre Mutter ungläubig. Ihre Augen waren traurig.

»Ach Gott, wie soll ich dir das erklären? Es ist so schwierig ... Ich möchte mit niemand tauschen. Ich kann mir das Leben nirgends verlockender vorstellen als hier, weder in Paris noch in Nizza oder in der Schweiz. Weißt du, dieser ganze Trubel, das ständige Kommen und Gehen bei den Konsuln, die Aufregung, über die sich alle beschweren, weißt du, das macht mir nichts aus, im Gegenteil, es gefällt mir, ich bin glücklich dabei, wie soll ich es nur ausdrücken, ja, es erregt mich, es macht mich ganz verrückt.«

»Aber warum?« fragte ihre Mutter erneut. Angstvolles Bedauern sprach aus ihrem Blick: Wer hat dich nur um den Verstand gebracht, meine Tochter? Du bist ja ganz krank.

Sara sah zum Kanapee hinüber. Es war noch nicht lange her, da hatte sie nackt dort gelegen, wo jetzt ihr hingeworfenes Kleid und ihr Schmuck waren, und der sonoren Stimme ihres Liebhabers gelauscht. Wie war dieser Mann, der aus einem weit entfernten Land kam, nur imstande gewesen, das dunkle Magma, das in ihr brodelte, in so klare Worte zu fassen?

Der Staat und die Frauen, das ließ sich noch nie voneinander trennen, sagte er, denke nur an die berühmten Hetären im alten Griechenland. Dabei macht es keinen Unterschied, ob die Staaten noch ihre Kindheit erleben oder bereits vergreist sind und den Tod vor Augen haben. Alles, was zur Politik gehört, Leidenschaften, Gesetze, Intrigen, Bündnisse, die großen Umbrüche, ist, bevor es schließlich öffentlich wird, bereits durch die Betten gegangen. Politiker aller Sorten, Botschafter, Gesetzgeber, Vertreter der Krone, den Monarchen eingeschlossen, ihre Opponenten, ja selbst künftige Königsmörder suchen ihre Lust oft genug in den Armen der gleichen Frau. Es ist in der Geschichte oft genug vorgekommen, daß Staatsmänner ihren Aufstieg im Bett einer Frau begannen oder daß sie durch eine Frauengeschichte zu Fall kamen...

Beim Reden liebkoste er ihren glatten Bauch, den Nabel, die Hüften, als seien die Aufgestiegenen und Gestürzten, von denen er sprach, von hier aus aufgebrochen. Und dann den Venushügel, in dessen dunklem Wald sich jeder, wie es schien, ohne Aussicht auf Wiederkehr verirren mußte.

Der Staat hier ist noch jung, fuhr er mit der gleichen einschläfernden Stimme fort, und hat seine Unschuld noch nicht verloren. Du bist seine erste Frau. Was für ein Glück du hast, Sara. Vielleicht wirst du einmal die wahre Königin dieses Landes, weit erhabener als diese kalte Sophie von Schönburg.

»Warum schaust du mich mit große Auge so an?« fragte ihre Mutter. »Was denkst du?«

Unter den Wimpern ihrer Tochter entdeckte sie den geheimnisvollen, seidenweichen Schatten, den sie mehr fürchtete als alles andere, und mit sanfter Stimme sagte sie:

»Du bist krank, Sara. Du bist angesteckt von das ganze Wahnsinn.«

XIV

An das Ministerium des Äußeren. Balkanabteilung. Geheim! Dringend!

Wie verlangt, übersende ich Ihnen mit dem nächsten diplomatischen Kurier den aktuellen Lagebericht. Alle Hinweise deuten auf eine Spaltung der esadistischen Bewegung hin.

Folgende Anlagen sind beigefügt:

Über den Rückgang unseres Einflusses in den Diözesen Nordalbaniens, vor allem in den Pfarreien der Franziskaner, infolge der zunehmenden italienischen Einflußnahme.

Über den fruchtlosen Versuch, in Verhandlungen mit dem Anführer der »Mühlstein-Bewegung«, Herrn Schestan Werden, einzutreten.

Verschiedenes.

Was die eingangs getroffene Feststellung anbelangt, so läßt sich nach erfolgter Sammlung, Prüfung und Auswertung der uns zugänglichen Informationen feststellen, daß die bereits vermutete Spaltung der esadistischen Bewegung mittlerweile als unumstößliche Tatsache gelten darf. Die beiden rivalisierenden Flügel werden geführt von Esad Pascha selbst und dem Mufti von Tirana. Zwar sind die Gründe für das Zerwürfnis noch nicht völlig erhellt, doch deutet manches darauf hin, daß der Mufti sich für eine ausgeprägt antieuropäische und protürkische Linie stark macht, wohingegen der von ihm als doppelzüngiger Opportunist gebrandmarkte Esad in seiner Haltung schwankend scheint. Frankreich und Rußland, welche die Esadisten unterstützen, sind daran interessiert, daß dieser Streit, der die Bewegung schwächt, so schnell wie möglich beigelegt wird. (Der russische Konsul hat diesbezüglich bereits zwei Vorstöße unternommen.) Umgekehrt wäre es zum Vorteil unserer Monarchie, wenn diese Spaltung nachdrücklich vorangetrieben würde.

Bevor ich mir erlaube, entsprechende Maßnahmen vorzuschlagen, muß ich darauf hinweisen, daß die oben getroffenen Schlußfolgerungen trotz unserer unermüdlichen Anstrengungen stets nur annähernde Sicherheit bieten können, da sich die Darstellungen unseres Hauptagenten als äußerst schwierig zu entschlüsseln erwiesen haben. Um Ihnen eine Vorstellung von diesen Schwierigkeiten zu vermitteln und gleichzeitig die Möglichkeit zu geben, unter Heranziehung vertrauenswürdiger Sprachkundler eine eigene Interpretation vorzunehmen, übersende ich Ihnen seinen jüngsten Rapport über die insgeheim abgehaltene Versammlung der Führer der mittleren (zentristischen, wie man bei uns sagen würde) Fraktion der Bewegung in Rashbull.

Hier der Text in vorläufiger Übersetzung:

»Also, dort hat der Scheich Ibrahim mit seinem blinden Bruder, dem die Giauren von Qishbardha Säure in die Augen gespritzt haben und der daraufhin gesagt hat, ihr habt mir die Augen geblendet, aber selber seid ihr viel blinder als ich, und der Vorsteher der Großen Tekke und Mazllum Aga, den Scheich Ibrahim nicht leiden kann, der sich aber zusammennahm, denn was immer wir auch gegeneinander haben, sagte er zum Vor‍steher der Tekke, hier geht es um Politik, und dieser ant‍wortete, gelobt sei deine Zunge, und dann kam auch noch Haxhi Dervishi mit seinen Leuten, und Scheich Ibrahim sagte, wir haben uns hier versammelt, damit wir einen Ausweg aus dieser dummen Geschichte fin‍den. Da ist Mazllum Aga aufgestanden und hat gesagt, daß der Mufti von Tirana dies und das getan hat und daß er den Koran und den Propheten im Mund führt, aber immer noch das Messer im Stiefelschaft stecken hat, und daß er im Serail von Ceno Bey dabei war, wie sie den Ymer Haxhi auf dem Eßtisch aufschlitzten. Er‍barmen, Mufti, mach mich nicht hin, jammerte der, doch der Mufti spielte bloß mit seiner Gebetskette herum und tat im übrigen so, als ob er nichts sieht, und Shaqir Aliu hat gesagt, dem Gefangenen tut der Bauch weh, vielleicht tut ihm der Blinddarm weh, am besten, wir schneiden ihn heraus, und dann haben sie ihn gefesselt angeschleppt und auf den Tisch gelegt, und Shaqir Aliu sagte zu Tuç Osmani, du weißt doch, wie man einen Bauch aufmacht, und der sagte, beim Propheten, das weiß ich nicht, ich hab's schließlich noch nie getan, ich weiß höchstens, wie man Tabak und Raki auf eine Wunde tut, damit sie sich nicht entzündet, doch Shaqir Aliu ließ nicht locker, ich kann es nicht, du kannst es, ich tu es nicht, du tust es, es ist eine Sünde vor dem Herrn, ach was, der arme Kerl leidet, und du tust nichts gegen seine Not, Allahs Fluch komme über dich, deine Seele soll in der Hölle schmoren, sagten auch die anderen, bis Tuç Osmani schließlich sein Messer nahm und den Ymer Haxhi auf dem Tisch aufschnitt wie einen Hammel, während der Mufti von Tirana mit seiner Gebetskette herummachte und tat, als ob er nichts mitbekommt, aber als der Tuç Osmani dann mit kreidebleichem Gesicht davonschwankte, da fragte er auf einmal ganz scheinheilig, habt ihr ihm auch die Wunde ordentlich verbunden, viel Glück und gute Besserung, und jetzt wischt den Tisch ab, sagte er, sonst wird uns das Nachtmahl verdorben.

Das also hat Mazllum Aga gesagt, und wer weiß, was er noch alles gesagt hätte, doch Scheich Ibrahim unterbrach ihn und sagte, du willst doch nicht behaupten, daß der Esad Pascha besser ist, weil, der schwört heute auf den Koran und geht morgen ins Stambul der Franken, nach Paric oder Paritsch oder wie das heißt, der Herr möge ihn mit Haut und Haaren vom Erdboden vertilgen, denn dort treibt er Unzucht mit den fränkischen Huren, er ißt des Türken Brot und scheißt bei den Giauren, wie man so sagt, und dann treibt er es in Beligrad auch noch mit dem Serben seinen Huren, an der Franzosenkrankheit soll er krepieren, inschallah! Mazllum Aga sagte, daß er wahrhaftig nicht im Sinn hat, Esad Pascha zu loben, ich bitte um Vergebung, Scheich, Allahs Segen über dich, das wollte ich gewiß nicht, ich bin da ganz deiner Meinung, ein Halunke ist der eine und ein noch größerer Halunke der andere. Gelobt sei deine Zunge, möge sie immer mit Honig geschmiert werden, rief Haxhi Dervishi, jetzt redest du, wie es sich gehört, und auf einmal fingen alle an durcheinanderzuschwatzen und zogen über die beiden her, ein Wolf der eine, ein Schakal der andere, und der Bissen von unserem lieben Vater, dem Sultan, soll ihnen in der Kehle steckenbleiben, den ganzen Streit haben sie schließlich nicht wegen edler Glaubensdinge angefangen, die Nase soll mir abfallen, wenn ich nicht recht habe, sagte der Blinde, der Bruder des Scheichs, der bis dahin den Mund nicht aufgetan hatte, sondern eine Frau aus Esads Verwandtschaft, heißt es, war der Grund, weil der Schwager des Mufti sie zu ihrem Vater zurückschickte, weil er sie bei einer dieser schmutzigen Sachen erwischt hatte, und daraufhin dingte dieser einen Mörder, der den Bruder der alten Jungfer umbringen sollte, auch wenn ein paar andere sagen, daß der Streit um ein paar Grundstücke ging, von denen der Mufti behauptet, daß sie der Tekke von Tirana gehören, während Esad sie für sein Landgut haben will, und Scheich Ibrahim sagte, sollen sie sich ruhig gegenseitig die Augen auskratzen, wir sollten schauen, daß wir selber zu Rande kommen. Da meldete sich der Blinde wieder zu Wort und sagte, was, wenn er Kus Baba schreiben würde, weil der sich doch auch nicht mehr so verstand mit Esad, aber Haxhi Dervishi sagte, nein, nein, Gott behüte, dieser lasterhafte Kerl, nein, nein, nein, der ist

hinter kleinen Buben her, und seit er die Holländer gesehen hat, so sagen die Leute, hat er sich in den Kopf
gesetzt, einen von den Blondschöpfen für sich einzu-
fangen, die Pestilenz soll ihn erwürgen. Wir Unglücklichen, sagte daraufhin Scheich Ibrahim, Hurerei hier,
Lasterhaftigkeit dort, wo sollen wir armen Waisenkin-
der bloß Zuflucht finden, keiner hält's noch mit der Religion und unserem lieben Vater, dem Sultan, und da
ergriff der Blinde wieder das Wort und sagte, wie wär's,
wenn wir dem Padischah, Allah der Erhabene segne
ihn und schenke ihm ein langes Leben, ein Brieflein
schreiben würden, und den Brief soll ein Hodscha ins
türkische Konsulat bringen, damit es nicht auffällt. Gelobt sei deine Zunge und Allahs Wohlgefallen mit dir,
riefen alle, und schneller, als man mit den Augen zwinkern kann, brachte der Hausherr Tinte und Papier,
Vater Sultan, Licht der Erde, mögest du noch leuchten,
wenn die Welt schon erloschen ist, schrieben sie an den
Anfang, und vor lauter Rührung hatten alle einen Kloß
im Hals, o Padischah, überlaß uns nicht Finsternis und
Not, gestatte nicht, daß Albanien dir die Treue bricht
und sich von dir abwendet, die Jesuiten und Giauren
aus Europa haben es hinters Licht geführt, und vergib
ihm, Padischah, es hat ja nicht gewußt, was es da tut, es
hat dein Brot mit den Füßen getreten und dich gegen
irgend so einen Deutschen eingetauscht, o weh, daß uns
alle nicht vor Entsetzen der Schlag getroffen hat, ist ein
Wunder, bitte sei uns gewogen, Lampe der Welt, uns
Armen, uns Elenden, deren Seele keine Ruhe findet, bis

wir wieder in deinem Schoß sind, nimm uns an, lieber Vater, verstoß uns nicht und gib uns Bescheid, wie wir es anstellen sollen, daß wir die Fremden, die Gottlosen, die Ungläubigen ausmerzen, und wir fallen auf die Knie und küssen den Lehm, wo deine Füße auf ihn treten. Das ist es dann gewesen.«

XV

Den Diplomaten war die Woche zunächst als die
ruhigste seit der Staatsgründung erschienen, ge‑
radezu idyllisch im Vergleich zu den vorangegangenen
Wochen (tatsächlich gab es am Dienstag und am Don‑
nerstag praktisch keine Zwischenfälle, und der Post‑
amtsdirektor hatte, wie er einem Freund anvertraute,
zum ersten Mal Zeit, während der Dienststunden Poker
zu spielen, weil ein rapider Rückgang bei Telegrammen
und Briefen eingetreten war), doch gegen Ende, am
Freitag, gab es eine überraschende Wende. Wie so oft bei
schwerwiegenden Erschütterungen, begann alles eher
harmlos oder sogar lustig. Passanten sahen den Mohren
Hasan, den Türsteher des türkischen Konsulats, leich‑
ten Schritts auf der Straße dahinwandeln, ein großes,
mit grünem Tuch bedecktes Backblech auf dem Kopf.
Niemand hätte vermutlich auf ihn geachtet, denn er
kam oft mit einem Backblech aus Stasis Bäckerei zu‑
rück, wären nicht zwei ernst blickende Konsulatsdiener
mit zwei Schritt Abstand hinter ihm hergegangen.

Es dauerte eine knappe Stunde, bis sich die Neuig‑
keit herumgesprochen hatte. Der türkische Konsul,
von dem lange nichts zu hören und zu sehen gewesen
war, so daß viele Leute schon glaubten, er sei abberu‑
fen und das Konsulat geschlossen worden, hatte dem

englischen Konsul unerwartet ein Baklava überbringen lassen.

Man reagierte zunächst mit Heiterkeit und neugierigem Spott, doch dann brachte eine Frage alle Scherzbolde schlagartig zum Verstummen: Moment mal, um was für ein Baklava hat es sich denn gehandelt?

Kaum war der Verdacht gesät, begann auch schon der Ansturm auf das Postamt, wo der angetrunkene Telegrafist hinter dem Ofen döste, um die ersten chiffrierten Telegramme aufzugeben. Die Konsuln Italiens und Österreich-Ungarns, die sich auf der Kreuzung vor der Bank zufällig über den Weg liefen, stellten ihre alten Aversionen, die durch Sara Stringa gerade neue Nahrung erhalten hatten, hintan und begannen ein ungezwungenes Gespräch, das rasch auf die Frage zusteuerte, was denn der liebe Freund und Kollege von dem unlängst übersandten Baklava halte. Beide Beteiligten antworteten mit einem Schulterzucken und der Bemerkung: »Es war absolut nichts herauszubringen.« Einige Journalisten, die offenbar die samstäglichen Versammlungen bei Sara nicht abwarten wollten, eilten zum Haus der Obertschengi Hyrija, die sie allerdings nicht vorließ, weil das Henna, mit dem sie sich die Haare frisch gefärbt hatte, noch nicht trocken war.

Vom Fenster seiner »Isba« aus unternahm der russische Konsul einen ersten Versuch, den Durchmesser der Backpfanne optisch abzuschätzen. Der kluge Mann wußte zweifellos, daß der offiziellen Süßspeise des türkischen Staates stets eine Bedeutung oder Botschaft innewohnte, die sich aus dem Durchmesser sowie der Zahl der Teigschichten erschließen ließ. Am Abend forder׳ten die verschiedenen Hauptstädte genauere Informatio׳nen über die Süßigkeit an, ein untrügliches Zeichen, daß es tatsächlich Grund zur Aufregung gab.

Der Durchmesser des Baklava forderte, wie sich bald erwies, einander widersprechende Urteile heraus, die vom Forscher R. H. mit der Bemerkung kommentiert wurden, das Auge des Menschen neige nun einmal dazu, sich ein ebenso eigentümliches Bild von der Welt zu machen wie sein Verstand. Einige behaupteten, der Durchmesser habe nicht mehr als neunzig Zentimeter betragen, während andere auf wenigstens einhundert׳undzwanzig Zentimetern beharrten. Einzelne hielten sogar eineinhalb Meter für möglich.

Diese Uneinigkeit konnte nicht verwundern, hatte man das Baklava doch nur einmal und eher flüchtig zu Gesicht bekommen, ohne irgendwie darauf vorbereitet gewesen zu sein.

(Der Postdirektor verglich den Einfluß des Baklava auf die Phantasie der Leute mit der Wirkung von Stern׳schnuppen oder auch einer bestimmten Sorte von Frauen auf die Gemüter empfindsamer Poeten, die da׳durch zu Wortergüssen animiert wurden.)

Während das äußere Maß des Backwerks wenigstens einer flüchtigen Betrachtung zugänglich gewesen war, blieb die Zahl der Teigschichten vorerst im dunkeln. Immerhin bestand noch eine gewisse Hoffnung, etwas über die Dicke des Gebäcks zu erfahren, was für den

Durchmesser nicht mehr galt. Beim englischen Konsul herrschte in jenen Tagen ein ständiges Kommen und Gehen, doch keinem der Besucher wurde ein Stück der berühmten Leckerei serviert. Als die Gemahlin des italienischen Konsuls sich unter Mißachtung aller Regeln der Höflichkeit entschloß, die Hausherrin um eine Kostprobe des vielgepriescnen Türkennaschwerks anzugehen (böse Zungen behaupteten später, daß sie zur Rechtfertigung ihrer Gelüste nicht davor zurückgeschreckt sei, der Gastgeberin flüsternd eine Schwangerschaft vorzutäuschen), setzte ihr die Engländerin tatsächlich ein Stück vor, doch ließ dieses wegen des überreichlich verwendeten Scherbetts oder einer mutwillig herbeigeführten Bröckeligkeit keine Erkenntnisse zu. (Sie ging uns allen auf die Nerven, und sich selbst wahrscheinlich auch, berichtete ihr Gatte später. Ich hätte nie geglaubt, daß einem ein Süßgebäck so das Leben vergällen kann. Es gab sogar Augenblicke, in denen ich sie mir zum Teufel wünschte.)

Dies hielt den italienischen Konsul allerdings nicht davon ab, am Wochenende mehr als fünfzig chiffrierte Depeschen abzusetzen. Bei den anderen war es ähnlich. Der österreichische Konsul verlangte in zwei Telegrammen von seiner vorgesetzten Behörde, daß echte muselmanische Gelehrte konsultiert wurden, um die symbolische Bedeutung des Blätterteiggebäcks zu ermitteln, anstatt auf die *Encyclopædia Britannica* zurückzugreifen, wie es leider schon einmal geschehen war.

Zur Unterstützung der konsularischen Nachforschungen trafen aus den Hauptstädten nach und nach umfangreiche Auskünfte über den symbolischen Gehalt des Baklava ein, die möglichen Gründe und Anlässe einer Übersendung, die unterschiedlichen Zubereitungsweisen, die Zahl der Teigschichten, die Größe des Backblechs. Historische Beispiele veranschaulichten die Angaben: Es gab das mächtige, einhundertvierzigschichtige Baklava, das eine Wende in der Politik Napoleon Bonaparte gegenüber bezeichnete, das Zwergenbaklava mit nur einunddreißig Schichten und einem Durchmesser von weniger als zwei Handbreit, durch das dem russischen Zaren die guten Beziehungen aufgekündigt wurden, dann das Baklava mittlerer Größe, das später den Status quo im Verhältnis zu Rußland besiegelte, das Baklava ohne Scherbett, das 1741 in Polen einging, das nußlose Baklava für den Schah von Persien und schließlich das angebrannte Baklava, das der Erzbischof der Armenier kurz vor dem vernichtenden Pogrom gegen sein Volk erhielt.

Noch ominöser waren die Erkenntnisse über den innerstaatliche Einsatz der Süßigkeit. Die Amtserhebung und den Sturz von Wesiren hatte man durch Baklavas vorbereitet, die Unterdrückung von Verschwörungen, politische Kurswechsel, die Niederwerfung rivalisierender Lager in Flügelkämpfen und so fort. Außerdem waren Baklavas verschickt worden, um jemanden zu täuschen oder in Sicherheit zu wiegen, so etwa 1710 an den Großwesir Numan Köprülü, eine Woche vor seinem Sturz. Man benutzte das Gebäck auch, um Fallen zu stellen, so im Jahre 1832, als den Notabeln Albaniens am Abend der Feierlichkeiten von Monastir ein gigantisches Baklava vorgesetzt wurde, ehe man sie allesamt massakrierte. Baklavas konnten ein untrüglicher Hinweis für den Empfänger sein, daß er in Ungnade gefallen war, und schließlich gab es die vergifteten Baklavas. Daß sie Gift enthielten, wurde manchmal nicht einmal verschwiegen, wie im Falle des Großwesirs Hajredin, dem man die Mitteilung beilegte: »Iß dieses Baklava sogleich, und schmeckst du Süßes, hast du Glück gehabt. Wenn du jedoch Bitteres schmeckst, war es dein Schicksal.«

Dies also beschäftigte in jenen Tagen die Gemüter in der kleinen Hauptstadt, und zwar so heftig, daß Dirk Stoffels die Eintragungen von zwei oder drei Wochen in seinem Tagebuch unter die Überschrift »Baklavakroniek« stellte. »Wir brauchten eine Weile«, schrieb er, »bis wir begriffen, daß uns die mittelalterliche Geschichte des Osmanischen Reiches teilweise oder sogar ganz auf diesem Backblech serviert wurde, das anfänglich nur unseren Spott erregt hatte. Und vor allem begriffen wir, von welch molochartigem Gebilde sich Albanien, wo wir uns befanden, unter großen Mühen losgemacht hatte. Ich muß gestehen, daß ich Anteil nahm am Schicksal dieses Landes, das in seiner geringen Größe meinem eigenen verwandt ist, den Niederlanden, denen der Herr seinen Segen und ein günstiges Schicksal geschenkt hat.«

Am Mittwoch der darauffolgenden Woche, als sich

die Aufregung bereits weitgehend gelegt hatte, wußte er zu berichten, daß alle Passanten, die am türkischen Konsulat vorbeikämen, sich nach der Pforte umschauten, die allerdings stets verschlossen sei. Obgleich ein Hodscha mit furchtsamem Blick bereits zum dritten Mal beim zaghaften Anpochen beobachtet worden sei, habe es drinnen kein Lebenszeichen gegeben.

XVI

Das Chaos dauerte fort. Der Winter warf unend-
liche Massen von Schnee auf die Erde, als sei ihm
daran gelegen, den unerträglich bunten Flickenteppich
aus Grafschaften, Republiken und Kleinststaaten, die
binnen kürzester Zeit innerhalb der Grenzen Albaniens
aus dem Boden geschossen waren, gnädig den Blicken
zu entziehen.

Außer der von den Großmächten sanktionierten
fürstlichen Regierung machten dort, wo sie es vermochten, auch noch andere das Gesetz, Hauptmänner, Älteste und Bannerträger. Es gab: Die Katholische Republik Lezha mit dem Grab Skanderbegs im Wappen und
einem gewissen Monsignore Prenushi als Oberhaupt.
Die Autonome Republik Korça, ein französisches Pro-
tektorat, noch ohne eigene Fahne. Die Internationale
Regierung von Shkodra (diese Bezeichnung war nicht
recht verständlich) mit dem Schweizer Franken als
Währung. Das Islamische Fürstentum beziehungsweise
Paschalik der Esadisten in Mittelalbanien mit Elbasan
und Shijak als Doppelhauptstadt. Aus der Tatsache,
daß sein weltweites Oberhaupt, der Groß-Dede, in Albanien ansässig war, hatte der Orden der Bektaschi-
Derwische das Recht abgeleitet, ein eigenes Königreich
mit dem Berg Tomorr als Hauptstadt auszurufen. Das

Separatistische Orthodoxe Fürstentum Vorio-Epirus mit Joannina, das sich außerhalb der Staatsgrenzen befand, als Hauptstadt. Das mit dem Beinamen »das ewige« geschmückte Kanunische Fürstentum von Orosh, das auf die mittelalterliche Fahne des Lek Dukagjini mit dem weißen Adler zurückgegriffen hatte. Die serbische Krajina, von der Presse »Korridorstaat« genannt, wegen ihrer Form und ihres Zwecks, nämlich einen Zugang zum Meer zu schaffen, ohne Hauptstadt. Schließlich die Albanische Republik, die man allein aus ihrer Zeitung *Unglückliches Albanien* kannte, ohne zu wissen, wo sie räumlich angesiedelt war. Eben diese Zeitung hatte den berühmten, in französischer Sprache formulierten Satz des albanischen Ministerpräsidenten *»Wied, c'est bien vide«* der Öffentlichkeit bekanntgemacht. Die europäische Presse war der einhelligen Meinung gewesen, daß der Träger eines hohen Staatsamts seinen Monarchen nicht schlimmer beleidigen konnte als durch die Verwendung des Attributs »hohl«.

Noch unübersichtlicher wurde die Lage durch die zahlreichen Gesellschaften, Gruppen, Parteien, Ligen, Treubünde, Sekten, Ältestenräte und Urältestenräte, die heute gegründet wurden und sich morgen wieder auflösten. Zu den umherschweifenden Armeen und Banden gesellten sich endlose Flüchtlingsströme von Süden nach Norden und von Norden nach Süden. Die einen versuchten sich vor den Massakern der »heiligen Bataillone« der griechischen Andarten in Sicherheit zu bringen, die anderen vor den serbischen Pogromen. Große

Holztafeln an den Grenzen der Fürstentümer und Republiken zeigten an, welche Vertriebenen aufgenommen wurden und welche nicht.

Zugleich durchzog eine Heerschar von wandernden Propheten, für heilig gehaltenen fallsüchtigen Wahrsagern, zerlumpten Derwischen, Franziskanerpatern und aus dem Siechenhaus entsprungenen Leprösen, die ihre Verunstaltungen als Warnzeichen für die Zukunft vorwiesen, das Land, dazu alle möglichen anderen Herumtreiber, ein paar selbsternannte Thronprätendenten, zwei falsche Prinzen zu Wied, Vertreter des Berufsstands der Verwünscher, Gestenverwünscher, Ver- und Entwünscher in einem, Zwitter, Hodschapfarrer und jede Menge Landstreicher. Freitags veranstaltete die Sekte der heulenden Derwische in Tekkehöfen ihre nervenaufreibenden Darbietungen, bei denen sie sich verschiedene Körperteile mit Messern und Nadeln durchbohrten. Evangelisten trugen Transparente mit friedensseligen Parolen durch die Straßen. Ein Geheimbund von Räubern und Erpressern verschickte Drohbriefe. Pilgerscharen strömten zur Sankt-Antons-Kirche, wo der Heilige auf der Ikone dem Vernehmen nach zum ersten Mal seit achtzig Jahren wieder mit dem Auge gezwinkert hatte. Von der Derwisch-Hatixhe-Türbe war gleichfalls ein Wunder zu vermelden, allerdings eines, das Entsetzen hervorrief: die in grüner Farbe auf den Türbogen gemalte Hand hatte man eines Morgens mit roten Punkten besprenkelt vorgefunden.

An den Grenzen zwischen Gebieten und Dörfern

mit Bewohnern unterschiedlichen Glaubens gab es Unruhen und Plänkeleien. Wo sich, wie es nicht selten geschah, Prozessionen begegneten, in denen das Bild der Heiligen Maria und das Kruzifix beziehungsweise Fackeln und ein Glasgefäß mit dem Haar des Propheten mitgeführt wurden, kam es zu Handgreiflichkeiten. Auch psychotische Zweikämpfe wurden ausgetragen, so etwa an einem Ort namens »Doruntinas Grab«, wo zwei Zonen mit unterschiedlichen Glaubensbekenntnissen aneinanderstießen. Dort lieferten sich vor den Augen der katholischen und muselmanischen Menschenscharen die Nonne Agnes, welcher die Mutter von Gjergj Kastrioti im Traum erschienen war, worauf sie gelobt hatte, sich bei lebendigem Leib ans Kreuz schlagen zu lassen, um dergestalt die Überlegenheit ihres Glaubens zu beweisen, und der Derwisch Ahmet, der aus dem nämlichen Grund bereit gewesen war, sich lebend begraben zu lassen, einen makabren Wettstreit.

Vierundzwanzig Stunden später, als im Angesicht von Tausenden erschütterter, in Tränen aufgelöster und Gerüche verströmender Menschen die junge Nonne vom Kreuz abgenommen und der Derwisch ausgegraben wurde, sie wachsbleich, er lehmfarben im Gesicht, waren beide noch am Leben, aber unfähig, sich zu artikulieren, so daß der Wettbewerb vorübergehend ausgesetzt werden mußte.

XVII

Inzwischen waren sie vollends in den tobenden Strudel hineingezogen worden. Sie unternahmen keinen Versuch, sich daraus zu befreien, schließlich hatten sie nichts anderes gewollt. Auch daß sie ohne Ziel umherstreiften, machte ihnen nichts aus, da alle anderen, die Verbände der Großmächte eingeschlossen, ebenfalls in völliger Regellosigkeit durch das Land irrten. Während ihres Marsches stießen sie auf Ansiedlungen, deren Namen sie noch nie gehört hatten: Brinjazt, Bathora, Davidh, Ahuri i Horës, Qishbardha, Rrungajet e Vjetra und so fort. Gelegentlich kamen sie in ein Dorf, in dem sie bereits gewesen waren, manchmal sogar zweimal. Sie hätten vielleicht alles für einen wirren Traum gehalten, wären nicht die Toten gewesen, die der Zeit ihr Maß verliehen.

Zweimal wurden sie in Scharmützel mit den Esadisten verwickelt, einmal mit den Italienern. Eines frühen Morgens lieferten sie versehentlich den Regierungstruppen ein Gefecht und ein andermal, nachts, in der Nähe von Bathora, unidentifizierbaren Kräften, durch deren Feuer ihre Fahne zur Hälfte verbrannte.

Was von der Südgrenze an schlimmen Neuigkeiten eintraf, veranlaßte sie dazu, diese Richtung einzuschlagen. Unterwegs begegneten sie einer Marschkolonne von Kolonjaren in Faltenröcken, die nach Norden unterwegs waren. Mit einiger Mühe überzeugten sie den Haufen, sich ihnen anzuschließen. Nur dem Glück war es zu verdanken, daß sie es schafften, unbeschadet einen reißenden Fluß voller umherwirbelnder schwärzlicher Baumstrünke zu durchqueren, an dessen Ufer weinende Frauen mit aufgelöstem Haar die Namen von Ertrunkenen schrien. Endlose Scharen von Flüchtlingen kamen ihnen entgegen. Noch vor der griechischen Grenze, am Schwarzen Stein, ließen sie sich von ihrem Rachedurst dazu verleiten, ohne jede Vorbereitung ein Gefecht anzunehmen, in dem fast ein Drittel von ihnen getötet wurde. Hier verlor auch der gerade erst zum Unterhauptmann beförderte Tod Allamani sein Leben. Warum sich ein Andarte, der seinen zerschmetterten Unterkiefer mit der Hand festhielt, gerade auf ihn stürzte, läßt sich nicht sagen, jedenfalls rangen die beiden miteinander, bis sie in ein Karstloch stürzten, aus dem keiner von ihnen mehr hervorkam. Als der Mühlbach der zehn Meilen entfernten Schwarzen Mühle sie zwei Wochen später anspülte, waren ihre Finger immer noch um die Dolche verkrampft.

In den Dörfern mit den Heiligennamen wären sie vermutlich allesamt ausgelöscht worden, hätte nicht die Internationale Grenzkommission den Kämpfen vorübergehend ein Ende gesetzt.

Zusammen mit der Kommission trafen schlechte Nachrichten von den Nordgrenzen ein. Die Lage ist ernst, wußte ein alter Lehrer zu berichten. Nicht hier,

sondern dort hat man große Stücke von Albanien abgeschnitten.

Ohne lange zu zögern, brachen sie auf. Unterwegs
erkundigten sie sich nach der schnellsten Strecke, ernte-
ten aber meistens nur ein bedauerndes Kopfschütteln. Es
gebe kaum ein Durchkommen. Der Schnee blockiere
die Straßen und Pässe, und wer sich nicht vorsehe,
werde von Lawinen verschüttet.

Daß die Leute recht hatten, merkten sie immer deutlicher, je länger ihr Marsch dauerte. Versprengte Flüchtlinge kamen ihnen entgegen, die nur Schlimmes zu berichten wußten. Und die Grenzen, fragten sie, wieviel
hat man abgeschnitten, wieviel ist noch da? Doch eine
klare Antwort war nicht zu erhalten. Alles lag unter tiefem Schnee verborgen, so daß man unmöglich feststellen konnte, wo ein Staat aufhörte und der andere begann. Das Ausmaß des Unglücks würde sich wohl erst
nach der Schneeschmelze ermessen lassen.

Wenn das so ist, soll es lieber gar nicht tauen, meinte
Doska Mokrari.

Tagelang bekamen sie nur Schnee zu Gesicht, und
der Priester fing an, im Fieber zu reden. Nur selten
drang die Sonne durch. Man hätte meinen können, sie
sei dabei, ihren Glanz abzustreifen wie eine Schlange
ihre Haut, um endlich vollends zu zerfließen. Lange
wurden sie von einer Hundemeute verfolgt, die sich wil-
der gebärdete als ein Wolfsrudel. Als dann schließlich
eine Lawine die ganze Vorhut in die Tiefe riß, sahen sie
ein, daß ein Weiterkommen unmöglich war.

Auf einem Stück stummen flachen Landes bestatteten sie Hyska Shteti, der nach einer eisigen Nacht nicht mehr erwacht war. Sie versuchten, ein möglichst tiefes Loch in den Schnee zu graben, und als der Leichnam hineingelegt wurde, begann sich der Grund zu bewegen, rutschte weg, und der Tote verschwand. Der Priester und die anderen, die um das Grab versammelt waren, erschraken entsetzlich, bis sie dann unten im Loch dunkles Wasser entdeckten und begriffen, daß sie sich auf einem zugefrorenen Bergsee befanden. Das machte alles noch schlimmer, weil ihnen keine passenden Gebete einfielen. Schließlich hatten die meisten Bittsprüche mit festem Boden zu tun, etwa: »Die Erde bewehrt uns, die Erde verzehrt uns.« Doch was sagte man, wenn der Tote vom Wasser verschlungen worden war?

Sie kehrten um, fürchteten aber, den Rückweg nicht mehr zu finden. Auf der mazedonischen Hochebene oder in Nordgriechenland wollten sie auf keinen Fall herauskommen. In einer Nacht waren nicht nur die Sterne, sondern auch der Komet klar am Himmel zu erkennen, doch das half ihnen nicht bei der Orientierung. Im Gegenteil, sie verirrten sich noch mehr. Erst als sie eines Nachmittags auf einem öden Plateau unter das Feuer serbischer Truppen gerieten, merkten sie, daß sie in die falsche Richtung gingen. Bei diesem Gefecht fiel Alush Tabutgjati. Ein Schrapnell, das offenbar die mit seinem Beinamen verbundene Prophezeiung Lügen strafen wollte, zerriß ihn in zwei Teile, und so wurde er auch begraben. In einer schnell zusammengezimmerten

Kiste, die natürlich viel kürzer war als ein normaler Sarg, versenkten sie ihn im Schnee. Shestan mußte an die Worte denken, mit denen ihn sein Onkel davon abzuhalten versucht hatte, in den Krieg zu ziehen: Wem die Welt zu klein ist, für den ist das Grab immer noch groß genug.

Eine weitere Hundemeute, noch gieriger als die erste, verfolgte sie zwei Tage lang. Dann hörten sie bei Einbruch der Dämmerung in der Ferne die Trommeln der Esadisten und wußten, daß sie zurück in Mittelalbanien waren.

XVIII

Sie waren der Zahl nach stärker geworden, inzwischen fast zweihundert Mann, doch Shestan hatte
das Gefühl, als ob sie immer weniger würden. Durch
den Verlust einiger Kameraden der ersten Stunde war
eine Lücke gerissen worden, die sich nicht so leicht
schließen ließ. Jedesmal, wenn er mit Doska am Lager-
feuer saß, hingen sie sehnsüchtigen Erinnerungen nach,
und manchmal konnte man nicht genau sagen, ob sie das
Feuer der Wärme wegen angezündet hatten oder nur,
um ihrer Toten gedenken zu können. Doch während
man Shestan mit seinen hellen Augen und Haaren den
Kummer deutlich ansah, spiegelte das feiste rote Gesicht
des Siegelbewahrers nichts vom Schmerz wider, den er
empfand, und so wäre dieser wohl verschwendet gewesen, hätten nicht Doskas Lieder zum Ausdruck gebracht, was in ihm vorging.

Es war wohl der gleichen Regel zuzuschreiben, daß
die Müdigkeit, die bei Shestan in den Augen lag, sich
bei Doska in der Stimme niederschlug. Jedenfalls sang
er immer seltener, und ob diese Zurückhaltung auf eine
Schmälerung seiner Stimmkraft oder andere Gründe
zurückzuführen war, ließ sich schwer entscheiden.

Eines Abends stimmte er ein Lied an, das erst seit
diesem Monat gesungen wurde:

Ein Holländer mit blanken Schulterstücken
Gab Befehl, nach Pogradec zu rücken.

Ein andermal, sie hatten die halbe Nacht ihrem Gram über den beklagenswerten Zustand des albanischen Staates, der einfach nicht auf die Beine kommen wollte, freien Lauf gelassen, begann er, ein Lied zu singen, von dem sie nicht wußten, ob er es selbst verfaßt oder irgend, wo gehört hatte:

Ach, Albanien, du schwindest dahin,
Wie die Blume im März, der Schnee im April.

Nach Meinung der Gelehrten war es sein letztes Lied.

Tags darauf wurden sie in ein heftiges Gefecht mit Kus Babas Bataillon verwickelt, in dessen Verlauf Xhe, mal Lufta durchdrehte und Shestan verwundete.

Das Treffen fand auf den Schwarzen Wiesen statt. Xhemal, der nicht gerade als großer Kämpfer galt, was allerdings auch daran liegen mochte, daß man wegen seines klingenden Nachnamens immer zuviel von ihm erwartet hatte, verhielt sich an diesem Tag im Kampf so rabiat, als habe er beschlossen, seinen Namen entweder zu rechtfertigen oder für immer loszuwerden. Erst griff er mehrere Gegner mit dem Bajonett an, wobei er brüllte: »Kommt nur her, ich mache Hackfleisch aus euch!« Dann stürzte er sich mit den Worten: »Ich pisse auf dein Grab!« auf Kus Baba persönlich, wurde aber von dessen Leibwächtern zurückgeschlagen. Schließ, lich fiel er wie ein wild gewordenes Tier über Shestan her, und als dieser ihn anbrüllte: »Komm zur Besinnung!«, feuerte er mit dem Revolver auf seinen Anführer. Wahrscheinlich hätte der Angriff tödlich geendet, wäre er nicht von dem eben zum Unterhauptmann beförderten Marko Gjikondi durch einen Hieb mit dem Messerknauf gegen den Schädel zu Boden gestreckt worden. Schwer benommen mußte er zulassen, daß man ihm die Wunde ver- und die Hände zusammenband. Von diesem Anfall erholte er sich nicht mehr. Eine Woche später mußten sie ihn im Sankt-Johannis-Kloster zurücklassen.

Das war der Tag, an dem sie den Priester begruben. Ein grauer Tag, an dem keine Wolken, sondern feuchte Wolle am Himmel zu hängen schien. Der Priester redete im Fieber, und Doska bat die Mönche, die Glocke für ihn zu läuten, obwohl er noch gar nicht gestorben war. »Hörst du«, flüsterte er dem Kranken ins Ohr, »du wolltest doch immer die Glocken läuten hören, wenn wir eine Stadt eingenommen haben. Jetzt ist es soweit. Wir ziehen in Albaniens Hauptstadt ein, und sie läuten die Glocken für uns.«

Die Straße war schlammig, gesäumt von dunklem Gestrüpp, und ihnen schien, sie seien schon einmal an diesem Ort gewesen. Neben einem Wasserloch sahen sie bäuchlings einen Menschen liegen. Über dem geronnenen Blut auf seinem Rücken hatte man mit Nadeln ein Stück Karton befestigt, auf dem »*Mouchard*« geschrieben stand. Sie drehten den Leichnam um, und Doska rief: »Das ist ja Arif Kallauzi!«, obwohl das Gesicht fast bis zur Unkenntlichkeit entstellt war. Später erfuhren sie, daß das Wort auf dem Karton französisch war und »Spion« bedeutete. Die Franzosen hatten den armen Kerl ohne irgendeinen Beweis für seine Schuld erschossen.

Sie begruben den Hingerichteten zwei Schritte weiter notdürftig, und keiner erwähnte mehr seinen Namen.

Es schien etwas zu geben, das sie die ganze Woche über in dieser Gegend festhielt. Vielleicht waren es die Toten, die sie an verschiedenen Stellen der Erde hatten übergeben müssen.

In der Nacht zum Freitag sahen sie zum ersten Mal in der Ferne die Lichter der Hauptstadt. Sie schimmerten blaß, als puste jemand vorsichtig in glühende Asche.

Schweigend und in Gedanken versunken schauten sie hinüber.

Wie mochte es dort wohl aussehen? Es hieß, die Häuser hätten hohe Veranden mit verschnörkelten Eisengeländern, und über dem Tor zum königlichen Palast sei ein gleichfalls aus Eisen geschmiedeter doppelköpfiger Adler befestigt. Hinter den dicken Mauern sitze die Königin vor einem Kristallspiegel und kämme sich das Haar, während die Kutschen der Konsuln mit angezündeten Laternen kreuz und quer durch die Nacht ratterten. Eine Hauptstadt wie jede andere.

Es ist überliefert, daß der jüngste von ihnen, ein Bursche aus Ostenthi, sagte: »Wie wär's denn, wenn wir einfach mal hingingen?« Doch er bekam keine Antwort. Sie standen bloß da und beobachteten wortlos die kalt flimmernden Lichter.

Noch eisiger erschien ihnen der Glanz, wenn sie an den Ministerpräsidenten dachten, durch dessen Abdankung so viele Hoffnungen enttäuscht worden waren.

Angeblich war er mit dem Fürsten in Streit geraten und hatte zu ihm gesagt: »Was glauben Sie eigentlich, wen Sie vor sich haben?« und dann wütend die Tür hinter sich zugeschlagen. Andere behaupteten, er habe nichts gesagt, sondern nur eines Morgens seinen Spazierstock genommen und in übler Laune den Palast verlassen.

Der kummervolle Riß, der sich von den Lichtern weit in den dunklen Himmel hinaufzog, war wohl die Lücke, die er bei seinem Abgang hinterlassen hatte.

So hatten sie am Ende die Hauptstadt doch noch zu sehen bekommen, wenn auch nur von ferne und verschwommen: ein Traumbild, das zu verschwinden droht, wenn man sich ihm nähern möchte.

XIX

Die Fürstin wandte sich jäh dem Fenster zu. Hatte jemand Steine dagegen geworfen? O Gott, was für ein schrecklicher Hagel, dachte sie und klappte den Kofferdeckel wieder auf, den sie im Schreck hatte zufallen lassen.

Hundert Schritte entfernt wandte sich der italienische Konsul, der schon den ganzen Morgen durch den Spalt zwischen den Ladenflügeln die Fenster der Fürstin auf Anzeichen der möglicherweise bevorstehenden Flucht hin überwachte, wieder den Papieren auf seinem Schreibtisch zu. Er stützte den Kopf in die Hände, und seine Gedanken flogen hinaus in die Weiten des interstellaren Raums, wo Kern, Koma und Schweif des Kometen sich in geheimnisvoller Rotation voranbewegten. Vom Schlafzimmer aus hörte seine Frau, wie er mit der Faust auf den Tisch schlug. Sie war gerade dabei, einem Freund im Außenministerium einen Brief zu schreiben: »Glauben Sie mir, wenn man ihn nicht bald von hier abberuft, werden seine Nerven dauerhaften Schaden erleiden. Als mein Gatte endlich seine Verbindung mit der Kurtisane Sara Stringa löste, hoffte ich auf freundlichere Tage, doch leider schloß er Bekanntschaft mit dem Direktor der Post, welcher ihn mit Kopien heimlich geöffneter Briefe versorgt, über denen er nun stundenlang brütet, weil er glaubt, ihnen einen verborgenen Sinn abringen zu können.«

»Nein«, schrie der Konsul drüben im anderen Zimmer bereits zum zweiten Mal und sprang erbost von seinem Sessel auf. Der lange, von der Sonne abgewandte Schweif, die lodernde Mähne am Kopf des Kometen, die in der Kälte des Alls zu Eis erstarrten gasförmigen Stoffe, Methan, Wasserdampf, Ammoniak, Kohlenstoffoxyd, die nun verdampften, all dies waren nicht nur die charakteristischen Bestandteile eines Haarsterns, sondern auch ein geheimer Code, den er nicht zu entschlüsseln vermochte.

Der Konsul erhob sich erneut und schaute nach draußen, wo ein Hagelschauer niederging. Hinter den Fenstern der Fürstin rührte sich nichts. Er tappte zurück zum Tisch.

Wenn man einmal die schlafenden Kräfte im Land mit den erst gefrorenen und dann verdampften Gasen vergleichen wollte, wer oder was war dann die Sonne, die sie durch ihre Wärme erweckt hatte? In welchem Verhältnis standen der lange Schweif, die österreichische Armee, und die Mähne am Kopf des Kometen, die albanischen Komiten, zu seinem Kern, also der Wied-Regierung? Oder war Esad Pascha das Karbongas und die Fürstin, die er heimlich begehrte, der Wasserdampf? Und die durch die Finsternis geschleppte Mähne die...

Wieder prasselte Hagel gegen die Scheiben und riß sie aus ihren Gedanken. »Anna«, rief die Fürstin nach ihrer ungarischen Zofe. »Schau doch einmal nach, ob die Fensterläden oben geschlossen sind.«

»Allah, was für ein Hagel«, sagte Kus Baba, ohne das Auge vom Okular seines langen türkischen Fernrohrs zu nehmen. Er beobachtete schon seit einiger Zeit die auseinandergezogene Marschkolonne, die sich den verwaisten Scheuern des Landguts des Juden näherte. »Bring sie um ihre Vernunft, o Allah, mach, daß sie zur Nacht dort einkehren... Schließlich ist es kalt und feucht... Wo sonst soll das arme Volk auch unterkriechen...«

»Hier nicht«, schrie Shestan und gab durch ein Handzeichen Anweisung, den Marsch fortzusetzen. Der Ort erinnerte ihn an etwas, er schaute sich nach der Herberge zum zwiefachen Robert um, und selbst als er merkte, daß es nicht die Stelle war, an der sie damals in den Hinterhalt geraten waren, nahm er seinen Befehl nicht zurück. Der Anblick der morschen, schief in den Angeln hängenden Scheunentore, vor allem aber der davor sich häufenden Hagelkörner, die glitzerten wie verdrehte Augäpfel, weckte böse Ahnungen in ihm.

»Nun bist du mir schon wieder entwischt, mein Jüngelchen«, murmelte Kus Baba vor sich hin, ohne das Fernrohr vom Auge zu nehmen. Als Hauptmann, so hieß es, hatten sie einen hübschen Burschen, dessen Mähne so hell und lang war wie der Schweif des Kometen. Er seufzte tief. »Wo wollt ihr bloß hin, ihr armen Kerle... Dieser Regen, dieser Morast... Kehrt um, ruht euch aus im Landgut des Juden...«

Ein Stück weiter dehnte sich schlammigbraun die überschwemmte Ebene. Shestan stand am Rand des Wassers, das ihnen den Weg versperrte, und beobachtete ein paar schwarze Vögel, die darüber umherflatterten. Ihm war, als hörte er bekannte Klänge.

»Was sind das für Glocken?« fragte sich Kus Baba und richtete das schwarze Fernrohr zum Himmel. »Die Giauren feiern ihr Bairamfest«, antwortete einer seiner Leibwächter. Kus Baba stieß einen Fluch aus, während er durch das Fernrohr die langgezogene Kolonne am Rand des überschwemmten Talgrunds beobachtete. »Kehrt um, ihr armen Seelen, ruht euch endlich aus...«

»Anna, höre ich recht, ist das Glockengeläut?« fragte die Fürstin.

»Es ist Weihnachten, Hoheit«, antwortete das Mädchen, »haben Sie das vergessen?«

»Ach«, stieß die Fürstin hervor und bekreuzigte sich flüchtig.

Shestan schaute sich um. Die Klänge kamen aus allen Richtungen, zum Teil von weit her, von der Sankt-Nikolaus-Kirche oder sogar vom Kloster Ardenica, wo vor vierhundert Jahren Gjergj Kastrioti mit Prinzessin Donika aus dem Hause Komneno den Ehebund geschlossen hatte. Unter dem straff gespannten Himmel antworteten die Glocken anderer Gotteshäuser: Sankt Maria, das Dreikreuzkloster, die Kirche von Qishbardha. Einen Augenblick lang war ihm, als kreuzten sich die Töne in einem sanften Bronzeschimmer, und er schlug selbst das Kreuz.

»Kehr um, mein Sohn«, murmelte Kus Baba. »Führe sie zurück, Allah, in deinen Schoß ... Schon so viele Tage und Wochen mühen sie sich sinnlos ab ... Schenke ihnen endlich Frieden ...«

»Was sollen wir tun, Hauptmann? Hier kommen wir nicht weiter.«

Shestan antwortete nicht gleich. Er warf noch einmal einen Blick über die lehmfarbene Wasserfläche, dann schaute er sich um zum Landgut des Juden, dessen Schober bereits in der Dämmerung zu verschwimmen begannen, und gab Befehl zur Umkehr.

XX

In die Dunkelheit, die verhüllte, was sich in dieser Nacht auf dem Landgut des Juden abspielte, brachten die Berichte der Männer, die dem Blutbad entkommen waren, so wenig Licht wie die Aussagen der Mörder. Sie wurde sogar immer undurchdringlicher. Ein eigenartiger Mechanismus sorgte dafür, daß jedes Flämmchen, das eine der Parteien zur Erhellung der Geschehnisse entzündete, durch die andere mit ihrem Zeugnis sogleich wieder ausgelöscht wurde. Die Forscher, die sich ausgiebig und mit großer Geduld dieser »schlimmen und verhängnisvollen Nacht« widmeten, verirrten sich hoffnungslos im Dickicht der widersprüchlichen Angaben. Hinreichende Klärung schufen weder die Lageberichte der Konsuln noch die Auskünfte der Agenten und Doppelagenten, und schon gar nicht die Schilderungen der Augenzeugen, die Shestans und Doskas Tod miterlebt hatten. Auf sie mochte immerhin das später viel gesungene Lied zurückgehen, das mit den Versen begann:

Warum kamst du zurück zum Landgut des Juden,
Hauptmann Shestan,
Gefährlich sind die Nächte im Landgut des Juden,
Hauptmann Shestan.

Wieso waren alle sechs Wachen vom Schlaf übermannt worden? Die Theorie, die Komiten hätten in einem Winkel der Scheune Mohnblätter gefunden und sie irrtümlich für Kamille oder Salbei gehalten (wie sie Jahre später in den Erinnerungen von Karl Buchberger auftauchte, der in den Wiener Archiven auf ein Dossier gestoßen sein wollte, das angeblich den Beleg für Schlafmohngeschäfte des albanischen Großgrundbesitzers hebräischer Herkunft Isak Aga mit österreichischen Schmugglern lieferte), war wenig überzeugend, weil von albanischen Hochländern nicht angenommen werden durfte, daß sie Opiumpflanzen mit Kräutertee verwechselten.

Ganz unerklärlich, ja geradezu beängstigend war ein anderer Sachverhalt: Man hatte sämtliche Wachen ausgetauscht. Von den Davongekommenen wurde übereinstimmend berichtet, die Gesichter der erstochenen Wächter, die sie im Mündungsfeuer der Gewehre und, ehe sie erlosch, im Licht der Petroleumlampe kurz gesehen hatten, seien ihnen gänzlich fremd gewesen. (»Wir hätten sie trotz aller Entstellungen bestimmt erkannt«, erklärten sie hartnäckig. Schließlich seien sie als kriegserfahrene Männer mit solchen Bildern durchaus vertraut gewesen.)

Aussagen wie diese lieferten den wildesten Spekulationen sowie einer seuchenartig grassierenden Spuk- und Wundergläubigkeit Vorschub. Warum hatten die Leichen der Wächter ausgetauscht werden müssen? Die Ersetzung der ursprünglichen Wachen durch lebendige

Verräter wäre natürlich sinnvoll gewesen, jedoch hätte dann bestimmt kein Grund bestanden, diese zu massakrieren. Aber wieso die Leichen auswechseln? Hätte die Zeit überhaupt dazu gereicht? Und vor allem, weshalb hätte man es tun sollen? War es eine irre Laune gewesen, die Einlösung eines grausigen Gelöbnisses, Aberglaube, eine abscheuliche Wette oder nur der Versuch, den Gegner einzuschüchtern?

Andere Fragen, wie zum Beispiel, woher man die Toten genommen hatte und was aus den echten Wachen geworden war, blieben stets zweitrangig, überlagert von der Hauptfrage.

Auch die Dauer des Gefechts blieb im dunkeln. Wieviel Zeit war vergangen zwischen Andrea Vanis Schrei: »Wacht auf, sie wollen uns niedermachen!« und dem Moment, in dem die Angreifer eine Lampe entzündeten, um sich nicht versehentlich gegenseitig umzubringen? Es hatte ein grauenhaftes Gemetzel stattgefunden, das war klar, doch die Überlebenden vermochten das, was sich tatsächlich abgespielt hatte, nicht von den Alpträumen zu trennen, die noch nachwirkten, als der Überfall sie aus einem qualvollen Schlaf riß. In dem kurzen Augenblick vor dem Erwachen müssen sie jedoch den Geruch des bereits vergossenen Blutes wahrgenommen haben, denn Mëhill Xega stöhnte im Schlaf: »Ach, Kameraden, sie schlachten uns ab.«

Man kann auch nicht ausschließen, daß sich Bilder aus den Angstträumen späterer Nächte, in denen sie das Massaker immer wieder aufs neue durchlebten, unter die

ursprünglichen Eindrücke verirrten und so die Konfu-
sion noch steigerten.

An die siebzig verloren ihr Leben, entweder sofort
oder später in den mit Wasser vollgelaufenen Gräben.
Rund dreißig schafften es, die Umzingelung zu durch-
brechen, angeführt von Marko Gjikondi, der sein aus
der Höhle gerissenes Auge mit der Hand festhielt und
durch die Finsternis brüllte: »Wehe dir, Kus Baba, ich
bekomme dich noch!«

Shestan fiel ihnen lebend in die Hand, er lag bewußt-
los auf den Hagelkörnern am Tor, die sich vom Blut rot
gefärbt hatten. Da der Befehl lautete, den Hauptmann
nicht zu töten, und man sich im Licht der Fackeln nicht
einigen konnte, ob nun Shestan oder Doska, der sich ein
Stück weiter auf dem Boden krümmte, der Anführer
war, blieben beide vorerst am Leben.

Man warf sie auf einen Karren, blut- und lehmbe-
schmiert, wie sie waren, mehr tot als lebendig. Fast alle
Forscher schildern die Fahrt des von zwei Büffeln gezo-
genen Fuhrwerks. Allerdings stimmen die erwähnten
Dorfnamen nicht mit den geographischen Gegebenhei-
ten überein, durch manche der Ortschaften kann der
Karren unmöglich gekommen sein, höchstens ein anderer Karren mit anderen Toten. Wenn man die Zeugnisse
jedoch insgesamt betrachtet, ergibt sich eine Strecke, die
der tatsächlich zurückgelegten recht nahe kommen
dürfte. Sie führt durch folgende Dörfer und Weiler: Xi-
braka, Bradadesh, Shilbatër, Zall-Herr, Alibejas, Shën
Mëri, Ozmanzezë, Bexëj, Bathora. Die Beklemmungen

der »inneren Reise«, deren Stationen dem verdunkelten Bewußtsein der beiden Gefesselten als Orte der Hölle erschienen sein müssen, vermochte dagegen niemand zu beschreiben oder auch nur zu ermessen. Man bekam allenfalls eine gewisse Vorstellung davon, wenn man sich das Knarren der Karrenräder vorstellte, die düsteren Namen der muselmanischen Dörfer, den dumpfen Schlag der Trommel und das Lied, das die Esadisten fast die ganze Fahrt über grölten: »Einst winkte uns das Paradies, derweil wir nun ans Tor der Hölle pochen...« Der Klang der Glocken, der aus den christlichen Dörfern herüberwehte, erhöhte wahrscheinlich noch die Qualen der im Wundfieber liegenden Gefesselten.

Ihren letzten Halt machte die Karawane an dem Ort, den man »Doruntinas Grab« nannte. Die Franziskanerabtei und die Tekke von Baba Isa standen dort in einem Abstand von weniger als hundert Schritten beieinander.

Es ließ sich nie klären, wer auf die so aberwitzige wie grausame Idee gekommen war, den Wettstreit zwischen der Nonne Agnes und dem Derwisch Ahmet nachzuspielen. Vielleicht hatte der Ort selbst mit den moderigen Holzbalken der Veranda, an denen die Nonne gekreuzigt worden war, die Esadisten darauf gebracht. Oder es handelte sich ganz einfach um eine Ausgeburt von Kus Babas krankem Hirn.

Sie beschlossen, Shestan zu kreuzigen und Doska im Loch zu begraben, in dem vier Wochen vorher der Derwisch gelegen hatte.

Ehe man Shestan an die Balken nagelte, an denen noch das getrocknete Blut der schönen Nonne klebte, sagte Kus Baba, wobei er langsam die Perlen seiner Gebetsschnur durch die Finger gleiten ließ, mit einem hämischen Blick auf den Gepeinigten: »Du bist wirklich so hübsch wie ein Schweifstern, bekehr dich zu unserem Glauben, dann schenke ich dir dein Leben und mache dich zu meinem Herzensjungen.«

Shestans Antwort ist nicht überliefert, sehr wohl jedoch, daß man gleich darauf hörte, wie mit schweren Steinen die Nägel eingeschlagen wurden. Sie muß also voller Hohn und Verachtung gewesen sein.

Die Nacht brach herein, und obwohl Shestans blondes Haar von Blut durchtränkt war, schimmerte es im Schein der Fackeln. Dieser blasse Glanz war wohl der Grund dafür, daß plötzlich Angst in die Augen der Esadisten trat. Konnte es sein, daß der Gekreuzigte tatsächlich etwas mit dem Kometen zu tun hatte, wie schon seit einiger Zeit gemunkelt wurde, und hieß dies, daß sie bald ihre Strafe erhalten würden?

Kus Baba saß da und starrte mit stumpfem Blick auf den gekreuzigten Menschen. Während die glitzernden Perlen der Gebetsschnur durch seine Finger wanderten, murmelte er vor sich hin: »Mein Sohn, du wolltest mich nicht lieben ... du machst mein Alter zur Wüste...«

Derweilen warfen zwei Leute in Pluderhosen die letzten Schaufeln Erde auf den lebendig begrabenen Doska, und ringsum wurden Wetten abgeschlossen, ob er es unter der Erde genauso lange aushalten würde wie der Derwisch Ahmet.

Ein Teil des Haufens verbrachte die Nacht zusammen mit Kus Baba in der Tekke, doch viele andere blieben draußen, um im Angesicht des Gekreuzigten ein Gelage abzuhalten. Einige nahmen in den Gängen der Tekke ein Auge voll Schlaf, ehe sie wieder hinausgingen, um nachzuschauen, was dort vor sich ging.

Die meisten standen gaffend vor Shestan und zeigten auf die Blutfäden, die über seine Handflächen und Füße liefen, doch ein paar umkreisten auch Doskas Grab, legten sich ausgestreckt auf den Boden und preßten das Ohr auf die Erde, um womöglich ein Stöhnen zu erhaschen. Wenn sie dann wieder aufstanden, schüttelten sie erstaunt den Kopf.

Obwohl keiner irgendwelche Anweisungen gegeben hatte, setzte man am Morgen die grauenvolle Strafaktion nach dem Beispiel des Wettstreits zwischen Nonne und Derwisch fort.

Mit verquollenen Augen, was fehlendem und mehr noch gestörtem Schlaf zuzuschreiben war, versammelten sich die meisten Esadisten an den Orten der Bestrafung, um darauf zu warten, daß man Shestan vom Kreuz abnahm und Doska ausgrub. Sie hatten keine Ahnung, wem es zustand, den entsprechenden Befehl zu geben, und so geschah es, daß sie, als die Glocken der Franziskanerabtei zu läuten begannen, ohne langes Reden einfach anfingen, Shestans Nägel aus dem Holz zu ziehen und den Dreck aus Doskas Grab zu schaufeln.

Beide waren nicht mehr am Leben. Shestan hatte der Blutverlust noch bleicher gemacht, während Doska trotz aller Versuche, den Lehm von ihm abzuschütteln, nicht mehr zu erkennen war.

XXI

Man wartete auf sie. Noch nie waren sie so lange fort gewesen. Der Weiler Selishta war zu eng für ein solch langes Warten, das merkte man bald. Der Winter, ein launischer Monarch, heulte mißgelaunt über die Dachgiebel, doch nur, um gleich darauf alles in frostige Stille zu hüllen, so daß man aus hundert Schritten Abstand jedes Zweiglein knacken hörte.

Seltsamerweise hoffte man noch stärker auf ihre Rückkehr, als der Himmel Massen von Schnee herabwarf und die Wege unpassierbar wurden. So ist es, wenn man auf jemand wartet, der niemals wiederkommen wird, sagte Alush Gjatis Schwiegermutter. Man überschüttete sie mit Verwünschungen, und nicht nur einmal verfluchte sie sich selbst, doch von ihrer Schwarzseherei konnte sie trotzdem nicht lassen. »Es überkommt mich«, sagte sie, »und dann gibt es kein Halten mehr. Mögen meine Lippen bald im Grab verdorren.«

Die Neuigkeiten waren wie die Winde, mit denen sie heranwehten: unstet, wechselhaft und gänzlich ungreifbar. Es wurde sowohl behauptet, Shestan sei umgekommen, als auch, im gleichen Brustton der Überzeugung, er lebe noch. Hartnäckig hielt sich das Gerücht, Doska Mokrari habe sich wie einstmals Konstantin den Lehm von Schultern und Haar geschüttelt, nach-

dem er vor den Augen Hunderter aus dem Grab aufgestanden sei.

Es gab aber auch noch andere Neuigkeiten. Sie betrafen das anhaltende Chaos im Innern, die Grenzen
und den Fürsten, der samt Gemahlin und Hofstaat die
Flucht ergriffen hatte.

Gott sei Dank, Albanien ist wenigstens noch da,
sagten die Greise, die schon eine Menge erlebt hatten
und sich nicht davon abbringen ließen, daß alles, was es
gab, schon einmal dagewesen war. Sie stampften mit ihren Opanken auf die Erde und wiederholten stur: Hier
ist es und hier bleibt es, Leute, keiner kann es uns wegnehmen. Macht euch also keine unnötigen Sorgen.

Im kleinen Kaffeehaus des Dorfes, an dem Tisch, an
dem sie in der Nacht vor ihrem Aufbruch gesessen, zum
Kometen hinaufgeschaut und dann ihre Entscheidung
getroffen hatten, wurde immer öfter über sie geredet.
Doska hatte hier das Lied über das Gefängnis von
Korça angestimmt, und hier war dem greisen Hallun als
erstem aufgefallen, daß Shestan, wahrscheinlich ohne
einen Grund dafür nennen zu können, sich die Haare
hatte wachsen lassen, so daß es aussah, als ob ihm die
Strahlen des Kometen in den Nacken fielen.

Im Kaffeehaus wurde die soeben eingetroffene Nachricht diskutiert, man habe Alush Gjati auf zwei Särge
verteilt begraben, und Tod Allamani sei wie die Menschen in uralter Zeit in die Unterwelt hinabgestiegen,
um seine gefallenen Kameraden zu treffen. Er habe sich
dort gemütlich mit ihnen unterhalten und ihnen dann

zum Abschied alles Gute gewünscht, und sie hätten zu ihm gesagt: »Du wirst uns herzlich willkommen sein, wenn deine Zeit gekommen ist«, und er habe erwidert: »Ich freue mich schon auf das Wiedersehen mit euch.«

So wurde geredet, und als einer einwarf: »Aber es heißt doch, er sei tot gewesen, als er an der Schwarzen Mühle wieder heraufkam«, widersprachen ihm die anderen heftig. Das habe nur so ausgesehen, weil sein Gesicht von der Kälte in der Unterwelt weiß geworden sei, ansonsten habe er sich aber bei bester Gesundheit befunden. Erst später sei er bei den Gelben Hügeln ums Leben gekommen.

Als man schließlich jede Hoffnung auf ihre Wiederkehr aufgegeben hatte, gingen die Leute immer öfter zur Landstraße hinunter, zu den Drei Mühlen und zum alten Gasthaus von Mokra, um nach Spuren zu forschen. In jenem Jahr war die Zahl der wandernden Rhapsoden so groß wie nie zuvor, und ihre Balladen fanden aufmerksame Zuhörer. Man hoffte, darin etwas von den Fortgegangenen zu entdecken, ein Erkennungszeichen, ähnlich wie im Leichenhaus, wo man versucht, einen Toten anhand bestimmter körperlicher Merkmale zu identifizieren.

Doch erwies sich dies als recht schwierig, weil durch die gedrängte Schilderung der Ereignisse in den Balladen die Unterschiede zwischen den Helden verschwammen und das, was noch übrig war, durch die Reime zu einheitlicher Form abgeschliffen wurde wie Tuffgestein durch den Wind.

An einem eiskalten Tag kam ein Mann an Krücken, der jenem glich, den Doska Mokrari einst gesehen hatte, oder es vielleicht sogar selbst war, am Dorf vorbei. Wie damals bat er um Almosen, nur daß er diesmal mit jammervoller Stimme rief: »Habt ihr schon gehört, man hat aus Albanien einen Krüppel gemacht, so wie ich einer bin, habt ihr das schon gehört?« Und er hob seine Krücke, damit man besser erkennen konnte, daß ihm ein Arm und ein Bein fehlten.

So war es also. Das Jahr ging traurig zu Ende. Der Komet wurde immer bleicher, offenbar war ihm nicht bekommen, was er in den ganzen Wochen auf der Erde zu sehen bekommen hatte, so daß er sich lieber davonmachte. Die Menschen in ihrem unstillbaren Drang, allem ihre Denkart aufzuzwingen, stellten mancherlei Mutmaßungen über die Gründe seiner Flucht an. Doch niemand wußte, welches Gefühl er in die eisigen Tiefen des Alls mitnahm: Entsetzen, hämische Schadenfreude oder nichts von beidem, sondern eine unbestimmte, jedoch auf alle Fälle fremdartige Sehnsucht.

Tirana, November 1985

Kurze Nachbemerkung, Historische Einordnung,
Glossar und Ausspracheregeln

Das Material zu vielen seiner Bücher hat Ismail Kadare
aus der albanischen Vergangenheit geschöpft, doch der
über Anachronismen und vermeintliche Ungereimthei‚
ten stolpernde Leser erkennt rasch, daß er es nicht mit
historischen Romanen zu tun hat. Bezeugte Ereignisse
und Gestalten dienen Kadare nur als Versatzstücke, die
er in einem virtuellen zeitlichen und geographischen
Raum mit fiktiven Elementen kombiniert, um Urmu‚
ster des menschlichen Seins aufzuzeigen, zur Nahtstelle
von Wirklichkeit und Mythos vorzudringen, und im
Osmanischen Reich fand er den Superstaat schlecht‚
hin, den überzeitlichen Prototyp einer totalitären Macht,
der es ihm erlaubte, sich unter den scharfen Augen der
Zensurbehörde mit dem herrschenden kommunisti‚
schen System auseinanderzusetzen.

In seinem 1985 entstandenen Roman über die nur
184 Tage während Regentschaft des deutschen Prinzen
Wilhelm zu Wied als Fürst von Albanien bleibt Ismail
Kadare näher an den gesicherten Tatsachen als in an‚
deren Büchern. Zwar ist auf ein paar Monate zusam‚
mengezogen, was sich in Wahrheit im Verlauf mehrerer
Jahre ereignete, und neben den echten Protagonisten be‚
gegnen wir zahlreichen Gestalten, die wir in den Ge‚

schichtsbüchern vergeblich suchen würden, doch was die Wechselbeziehungen zwischen den politischen und gesellschaftlichen Kräften sowie das Zeitkolorit anbelangt, liefert der Roman ein sehr genaues Bild vom damaligen Albanien. Die vom Osmanischen Reich hinterlassenen ethnischen und religiösen Spannungen auf dem Balkan, die in der Zeit vor dem Ersten Weltkrieg mit einem Flickenteppich von Staaten verhüllt wurden, haben sich im letzten Jahrzehnt des vergangenen Jahrtausends in blutigen Bruder- und Nachbarschaftskriegen entladen, und es steht zu befürchten, daß nicht nur Albanien, sondern die ganze Halbinsel noch geraume Zeit unter den Folgen zu leiden haben wird.

Historische Einordnung

Das Osmanische Reich, das im 14. und 15. Jahrhundert den Balkan erobert hatte, erreichte unter der Herrschaft von Süleyman dem Prächtigen (1520–1566) den Höhepunkt seiner Macht, danach begann der erst schleichende, dann heftige Niedergang, der den russischen Zaren Nikolaus I. zu dem berühmten Satz vom »kranken Mann am Bosporus« veranlaßte.

Im Verlauf des 19. Jahrhunderts gelang es den meisten Balkanvölkern, sich von der Hohen Pforte loszumachen und eigene Staaten zu gründen, deren Existenz nach der Niederlage des Osmanischen Reiches im russisch-türkischen Krieg 1878 auf dem Berliner Kongreß sanktioniert wurde. Einzig die in der Liga von Prizren (benannt nach ihrem im heutigen Kosova, serbisch Kosovo, gelegenen Gründungsort) zusammengeschlossene albanische Nationalbewegung konnte ihre Forderungen nicht durchsetzen, zumal sie es nicht nur mit der Türkei, sondern auch mit den Gebietsansprüchen der Nachbarstaaten zu tun hatte. Bei den europäischen Mächten fand die Sache der Albaner keine Unterstützung. Für Bismarck war Albanien gar nur »ein geographischer Begriff«. Nach dem Berliner Kongreß befanden sich auf dem Balkan nur noch Mazedonien und die albanisch besiedelten Gebiete in türkischer Hand.

Die Balkankriege 1912/13 besiegelten das Ende der osmanischen Herrschaft auf dem Balkan. Das albanische Siedlungsgebiet war durch serbische und montenegrinische Truppen im Norden und Nordosten und durch griechische Truppen im Süden weitgehend besetzt. Nicht zuletzt, um der drohenden völligen Aufteilung Albaniens unter den benachbarten Ländern vorzubeugen, rief eine Versammlung von Vertretern sämtlicher albanischen Gebiete unter Führung von Ismail Bei Qemali am 28. November 1912 in der südalbanischen Hafenstadt Vlora einen unabhängigen albanischen Staat aus. Die Regierung von Ismail Qemali kontrollierte allerdings nur ein eng begrenztes Gebiet im südlichen Mittelalbanien und mußte sich mit einer Gegenregierung unter Esad Pascha Toptani auseinandersetzen. Überdies fand sie nicht die Anerkennung der europäischen Großmächte. Deren Albanien betreffende

Interessen gingen weit auseinander: Rußland strebte vermittels Serbiens den direkten Zugang zur Adria an, Italien und Österreich-Ungarn rivalisierten untereinander um die Vorherrschaft im adriatischen Raum, waren sich aber einig in der Ablehnung der russischen Absichten, und Italien sah die griechische Besetzung Südalbaniens ungern, weil man selbst ein Auge auf dieses Gebiet geworfen hatte. England und Deutschland hatten keine eigenen Ansprüche. Schließlich beschloß man, eine Konferenz der Botschafter Englands, Österreich-Ungarns, Deutschlands, Frankreichs, Italiens und Rußland einzuberufen, die über die Zukunft Albaniens entscheiden sollte.

Nach langem Schachern einigte man sich am 13. Juli 1913 schließlich auf die Schaffung eines Erbfürstentums Albanien in den noch heute geltenden Grenzen, das heißt, ohne Rücksicht auf das ethische Prinzip, denn knapp die Hälfte des von Albanern besiedelten Gebiets, nämlich Kosova, wurde Serbien zugeschlagen. An den Folgen dieser Entscheidung hat Europa bis heute zu leiden. Es mag nützlich sein, an dieser Stelle zu erwähnen, daß die Albaner keine Slawen sind, sondern Nachkommen der auf dem Balkan autochthonen illyrischen Stämme, die sich im Altertum mit griechischen und später römischen Kolonisten vermischten.

Der neue albanische Staat sollte für zehn Jahre unter der Aufsicht einer von den Großmächten eingesetzten Internationalen Kontrollkommission stehen.

Unter zahlreichen Bewerbern um den albanischen

Thron entschied man sich für den deutschen Prinzen Wilhelm zu Wied, der am 7. März 1914 sein Amt in der neuen Hauptstadt Durrës antrat. Von den Großmächten, die sich auf den Ersten Weltkrieg vorbereiteten, im Stich gelassen und ohne Verbündete im Land, war der neue Regent nicht imstande, das Territorium unter Kontrolle zu bringen. Bereits ab Mai sah er sich einem Aufstand protürkischer bzw. proislamischer Kräfte gegenüber und war schließlich am 3. September 1914 gezwungen, Albanien wieder zu verlassen. Abgedankt hat er jedoch nie.

Während des Ersten Weltkriegs war Albanien Kriegsgebiet. Nach dem Sieg der verbündeten Truppen Österreichs und Bulgariens über die serbische Armee im Jahr 1915 gab es allerdings keine bedeutenden Kampfhandlungen mehr. Österreich hielt den größten Teil des Landes besetzt, im Osten standen französische und im Südwesten italienische Verbände. Nach Kriegsende und einer Phase unüberschaubarer Verhältnisse bekam das Land erst 1920 wieder eine international anerkannte, unabhängige Regierung.

Glossar

S. 5   *Komet:* 1914 zog der Komet »Delavan« durch das innere Sonnensystem. Es handelt sich dabei um einen nichtperiodischen Kometen, der von der Erde aus erst in 24 Millionen Jahren wieder sichtbar sein wird.

S. 7   *Mokra:* Gegend in Ostalbanien in der Nähe des Ohrid-Sees. Das Wort »mokra« bedeutet »Mühlstein«.

S. 10   *Esad (Esat) Pascha Toptani:* Esad Pascha Toptani (1863–1920) war eine der schillerndsten Figuren zur Zeit der albanischen Staatsgründung. Er stammte aus einer mächtigen Großgrundbesitzerfamilie und diente in der osmanischen Armee als General. Als Kommandant der türkischen Einheiten im nordalbanischen Shkodra übergab er die Stadt den montenegrinischen Truppen und versuchte fortan, seine eigenen Machtinteressen im Bündnis mit Serbien zu verwirklichen. Nach der Ausrufung des albanischen Staates im November 1912 in Vlora durch Ismail Qemali bildete er in Durrës eine Gegenregierung. Unter dem Druck der Großmächte führte er die Delegation an, die in Neuwied dem Prinzen zu Wied die albanische Fürstenkrone antrug. Er diente als Kriegs- und Innenminister in dessen Kabinett, wurde wegen seiner Verwicklung in eine Verschwörung gegen den Thron abgesetzt, floh ins Ausland und kehrte mit serbischer Unterstützung wieder nach Albanien zurück. Nachdem der Prinz zu Wied das Land verlassen hatte, erklärte er sich zum Vorsitzenden eines »Generalrats« und Oberkommandierenden der Streitkräfte. 1920 wurde er in Paris durch den in Albanien als patriotischer Held verehrten Avni Rustemi erschossen.

S. 11   *holländische Offiziere:* Nachdem Schweden es abgelehnt hatte, den Aufbau der albanischen Gendarmerie zu übernehmen, betraute die internationale Kontrollkommission holländische Offiziere mit dieser Aufgabe. Der prominenteste von ihnen war Oberst Lodewijk Thomson. Er fiel am 15. 6. 1914 bei Durrës in einem Gefecht mit Aufständischen.

S. 12   *Korça:* Stadt in Ostalbanien im Dreiländereck Albanien-Mazedonien-Griechenland.

S. 16   *Dirk Stoffels:* Ein fiktiver Vertreter der bereits erwähnten holländischen Offiziere in der albanischen Gendarmerie.

      Komiten: Albanische Bezeichnung für die anderswo »Komitadschi« genannten, in Freischaren organisierten Insurgenten in den Bergen des Balkan, welche die türkischen Truppen in einen ständigen Kleinkrieg verwickelt hielten.

S. 17   *Klephte:* Klephte (»Räuber«) nannte man die Türkenkämpfer in Grie-
         chenland.

S. 18   *Une république française en Balkans*

         Wegbeschreibungen. *Reisen in schwieriger Zeit*

         Tagebuch eines Offiziers (Dagboek van een officier)

         Die genannten Titel sind vom Autor erfunden, der damit auf die äußerst
         reichhaltige Reiseliteratur über Albanien in der zweiten Hälfte des neun-
         zehnten und der ersten Hälfte des zwanzigsten Jahrhunderts hinweist.

         Einige der Verfasser solcher Werke, von denen ein guter Teil aus dem
         deutschsprachigen Raum, vor allem Österreich (etwa Johann Georg von
         Hahn oder Baron Franz von Nopcsa) stammten, gehörten zu den Be-
         gründern der Albanologie.

S. 21   *Raki:* Meist aus Traubensaft, manchmal auch aus Früchten destillierter
         Schnaps, das albanische Nationalgetränk. Nicht zu verwechseln mit
         dem türkischen Anisschnaps.

S. 27   *Pogradec:* Stadt am Ohrid-See in Ostalbanien.

S. 28   *Wilajet:* Verwaltungseinheit des Osmanischen Reichs, aus mehreren
         Sandschaks bestehende Großprovinz.

         Hochebene von Dukagjini: Weiträumiges Gebiet im westlichen Kosova mit
         den Städten Peja und Gjakova. Zehntausende von Albanern (sog. »Mu-
         haxhirë«) wurden nach der serbischen Besetzung aus diesem und ande-
         ren Gebieten Kosovas vertrieben.

         Türbe: Turmförmiger Grabbau islamischer Würdenträger.

         Han: Herberge, Karawanserei.

         Bilisht: Ort in der Gegend Devoll in Ostalbanien, südlich des Prespa-
         Sees.

S. 31   *Giaur:* »Ungläubiger«, islamische Bezeichnung für Nichtmoslems.

S. 32   *Bulgarenknechte:* 1915 griff Bulgarien an der Seite der Mittelmächte in
         den Krieg ein. Bulgarische Einheiten hielten nach dem gemeinsam mit
         österreichischen Truppen errungenen Sieg über die serbische Armee
         zeitweilig Teile Mittel- und Ostalbaniens besetzt.

S. 33   *Bärentreiber:* »Arixhi« ist im Albanischen neben »gabel« die Bezeich-
         nung für einen Angehörigen der nichtseßhaften Romabevölkerung.
         Vermutlich eine Übersetzung des Stammesnamens »meckar«.

S. 34   *Ägypter:* »Evgjit«, »jevg« oder »magjyp« wird ein Angehöriger der schon
         vor vielen Generationen seßhaft gewordenen, nur noch Albanisch spre-
         chenden Romabevölkerung in Albanien genannt. Viele »evgjit« sehen
         sich selbst indessen als Nachfahren eines nicht aus Nordwestindien, son-
         dern aus Ägypten stammenden und bereits vor den Roma, nämlich zur
         Zeit Alexanders des Großen, auf den Balkan eingewanderten Volkes.

S. 35 *Shënepremte:* St. Veneranda. Das Fest der Heiligen wird am 26. Juli gefeiert. Ihre Reliquien befinden sich im maltesischen Valletta.

Karneval in Korça: Das südostalbanische Korça ist die einzige Stadt in
Albanien, in der Karneval gefeiert wird, was mit der Besetzung der
Stadt durch die französische Armee im ersten Weltkrieg zusammen-
hängt. Überhaupt werden die als etwas exzentrisch geltenden Korçaren
(so nennt man die Bewohner der Stadt) in Albanien gerne als »Franzosen« bespöttelt.

S. 37 *Hodscha:* Islamischer Geistlicher.

S. 38 *Hauptstädte Vlora, Durrës, Tirana:* Die südalbanische Hafenstadt Vlora,
wo 1912 die albanische Unabhängigkeit proklamiert wurde, war Sitz
der ersten Regierung unter Ismail Qemali. Durrës war die Hauptstadt
des Prinzen zu Wied. Tirana ist seit 1920 die albanische Kapitale.

Prinz zu Wied: Prinz Wilhelm Friedrich Heinrich zu Wied wurde am
26. März 1876 in Neuwied als Sproß einer mit dem Kaiserhaus ver-
wandten altadeligen Familie geboren und erlernte den Beruf eines
Offiziers. Zur Zeit seiner Amtserhebung diente er als Rittmeister in
einem Ulanen-Regiment. Er verfügte über keinerlei politische und di-
plomatische Erfahrung. Von der Londoner Botschafterkonferenz wurde
er unter neunzehn Bewerbern ausgewählt (mit ausschlaggebend war,
daß Deutschland wenig unmittelbares Interesse am Balkan hatte und
der Prinz als Protestant keiner der drei in Albanien existierenden Glau-
bensgruppen – Moslems sowie katholische und orthodoxe Christen –
angehörte) und nahm die Berufung entgegen dem Rat seines Vetters
Kaiser Wilhelm II. (»Daß du mir ja nicht auf den Unsinn mit Albanien hereinfällst!«) an. Am 7. März 1914 traf Prinz zu Wied mit seinem Troß in Durrës ein und bezog im »Konak«, einer schnell umge-
bauten Kaserne, Quartier. Obwohl sein offizieller Titel »Fürst von
Albanien« war, nannten ihn die Albaner »König«, wohl schon deshalb,
weil das albanische Wort für Fürst auch Prinz bedeutet. Von den Großmächten, die jeweils ihre eigenen Interessen verfolgten, im Stich gelassen und unter dem Druck der rivalisierenden Kräfte im Land stehend,
erwies sich Prinz Wilhelm als mit seiner Aufgabe überfordert. Im Mai
brach ein Aufstand bäuerlicher und protürkischer Kräfte aus, der ihn
am 3. September 1914 zur Flucht aus Albanien zwang. Der italienische
Gesandte kommentierte seinen Abschied mit den wenig galanten, aber
durchaus zutreffenden Worten: »Der Fürst mußte das Land verlassen,
gehaßt und verachtet von den meisten, von wenigen unterstützt und von
niemandes Bedauern begleitet.« Im Ersten Weltkrieg diente er in der
kaiserlichen deutschen Armee. 1917 verfaßte er eine »Denkschrift über

182

Albanien«, in der er seinen Thronanspruch aufrechterhielt. Er übertrug den albanischen Fürstentitel auch auf seine beiden Kinder. Prinz Wilhelm zu Wied starb 1945 in Rumänien, dessen Königin seine Tante Elisabeth gewesen war.

S. 38 *Rücktritt des Ministerpräsidenten:* Ismail Qemali trat nach der Entscheidung der Großmächte über die Schaffung eines Fürstentums Albanien bereits am 22. Januar 1914 zurück und verließ das Land.

S. 39 *Londoner Botschafterkonferenz:* Die Konferenz der Botschafter Österreich-Ungarns, Frankreichs, Deutschlands, Italiens und Rußlands trat unter Vorsitz des englischen Außenministers Sir Edward Grey am 17. Dezember 1912 zusammen und tagte mit Unterbrechungen bis zum Mai 1913, um über die Zukunft Albaniens und die Gebietsansprüche der benachbarten Staaten zu entscheiden. Am 29. Juli 1913 fiel der Beschluß über die Schaffung des Erbfürstentums Albanien, und zwar nach langen Schachereien, in denen Österreich-Ungarn dem neuen albanischen Staat das größte Gebiet zuzusprechen bereit war, während Rußland eine Aufteilung unter den Nachbarländern favorisierte. Serbien wurde die knappe Hälfte des von Albanern bewohnten Territoriums zugesprochen, Kosova. Legendär ist der Auftritt einer albanischen Delegation in London vor allem wegen der beiden verzierten Pistolen, die der in Volkstracht erschienene Isa Boletini, der Nordalbanien vertrat, am Gürtel trug. Leider erhielten die Albaner kein Gehör.

S. 40 *Durrës, Cäsar, Cicero, Augustus:* Durrës, ehemals Dyrrachium oder Epidamnos, gegründet von hellenischen Siedlern, ist eine der ältesten Hafenstädte Europas. Cicero verbrachte dort nicht nur seine Urlaube, sondern auch einige Zeit in der Verbannung, und 48 v. C. wurde Cäsar in der Nähe der Stadt, beim Felsen von Kavaja, von Pompejus geschlagen.

S. 41 *Bajraktar:* Bajraktar, Bannerträger, nannte man ursprünglich die militärischen Führer der Aufgebote, welche die ansonsten weitgehend autonom und unbehelligt nach ihrem Gewohnheitsrecht lebenden nordalbanischen Stämme dem Osmanischen Reich zur Verfügung stellten. Später entwickelte sich daraus das Amt eines Stammesführers. Bajrak, d. h. Banner, nannte man ihr Herrschaftsgebiet.

Haxhi Qamili: Qamil Zyber Xhameta (1876–1915), genannt Haxhi Qamili, war der Anführer der wenn nicht protürkischen, so doch proislamischen Aufständischen, vor denen der Prinz zu Wied letztlich kapitulierte. Er bekämpfte nicht nur die Gendarmerie des Prinzen, sondern auch Esad Pascha und hielt diesen mit seinen aufständischen Bauern 1915 sechs Wochen lang in Durrës eingeschlossen. Befreit von serbischen Truppen, nahm Esad Pascha Toptani bittere Rache: Er ließ den in seine Hand gefallenen Haxhi Qamili zusammen mit vierzig seiner Leute aufhängen. Das kommunistische Regime in Albanien feierte Haxhi Qamili (an dessen geistiger Verfassung zu seinen Lebzeiten gezweifelt wurde) als einen antifeudalistischen Bauernführer, der gegen die Großgrundbesitzer kämpfte und den Fremdherrscher Prinz Wied aus dem Land trieb.

S. 50   *Franken:* Die Französische Armee. Die im 5. Kapitel beschriebenen Truppenbewegungen fanden größtenteils während des Ersten Weltkriegs statt, also nach der kurzen Regierungszeit des Prinzen zu Wied.

    Aga: Ehrenvolle Anrede: Herr.

S. 54   *Actae diplomatica: Actae diplomatica* sind sowenig wie das *Dagboek van een officier* in Bibliotheken oder Bibliographien zu finden.

S. 59   *Autonome Republik Korça:* Eigentlich *Autonome Kaza von Korça* (türk. Kaza = Landkreis; der Begriff wurde im Fürstentum Albanien weiter verwendet) oder *Albanische Republik von Korça.* 1916 besetzten französische Truppen das Gebiet um die Stadt Korça in Südostalbanien und unterzeichneten am 10. Dezember einen Vertrag mit Vertretern der albanischen Bevölkerung, der diesen das Recht einräumte, eine Verwaltung unter französischer Aufsicht zu errichten. Die *Autonome Kaza von Korça* bestand bis 1920.

S. 60   *Mufti von Tirana:* Muza Qazimi, der Mufti von Tirana, war der wichtigste Anführer der protürkischen Kräfte. Ein Mufti ist ein islamischer Rechtsgelehrter.

    Hançe Hajrija aus Peza e Madhe: Die Existenz eines Fräulein Hajrija aus dem Ort Peza e Madhe westlich von Tirana läßt sich nicht verifizieren.

S. 61   *Rhapsoden:* Rhapsoden, wandernde Sänger, trugen zur Lahuta, einem einsaitigen Streichinstrument, epische Balladen vor. In vielen Romanen von Ismail Kadare verkörpern sie das historische Gedächtnis und die Schnittstelle zwischen Realität und Legende. Tatsächlich ist das Überleben der albanischen Sprache, die erst 1908 Schriftform erhielt, obwohl sie zu den ältesten Sprachen Europas gehört, ohne diese Form mündlicher Überlieferung kaum erklärbar.

S. 64   *schwarzer Doppeladler:* Die Gründerväter des albanischen Staates erwählten 1912 in Vlora das Emblem des Nationalhelden Skanderbeg, einen schwarzen Doppeladler auf rotem Grund, zu ihrer Fahne, die bis heute Nationalflagge geblieben ist. Das Nationalwappen ist der mit Ziegengehörn gezierte Helm Skanderbegs.

S. 65   *Hofmarschall von Trotha:* Der Hofmarschall, den Prinz zu Wied aus Deutschland mitgebracht hatte, verlor wegen seines anmaßenden Verhaltens der einheimischen Bevölkerung gegenüber bald sein Amt.

S. 68   *Herberge »Zum zwiefachen Robert«:* Eines der ältesten Gasthäuser Albaniens, denn es bestand schon im 13. Jahrhundert, wenn man Ismail Kadares Roman *Die Brücke mit den drei Bögen* glauben darf, wo der Name
         erklärt ist. Auch in vielen anderen Romanen Kadares dient es müden
         Reisenden zur Erholung.

S. 73   *Jebe majku tvoju! (serbisch):* Der auf dem Balkan am weitesten verbreitete
         Fluch: Ich ficke deine Mutter!

S. 77   *Dschibrail:* Dschibrail oder Dschibril ist im Islam Allahs Bote im Kontakt zu den Propheten. Er hat Muhammad den Willen Gottes gekündet.
         Hier ist jedoch wohl eher seine christliche Entsprechung, der Erzengel
         Gabriel, gemeint.

         Brücke mit den drei Bögen: Die Entstehungsgeschichte der Brücke mit den
         drei Bögen hat Ismail Kadare in seinem gleichnamigen Roman (Ammann 2002) geschildert.

S. 81   *Tekke:* Gebetshaus und Herberge eines DerwischOrdens (hier der Bektaschi), sehr entfernt mit einem Kloster vergleichbar.

         Derwische: Ein guter Teil der Moslems Albaniens gehören dem schiitischen DerwischOrden der Bektaschi an, einer mit den Alewiten eng
         verwandten Glaubensrichtung. Gründer des Ordens war im 13. Jahrhundert in Anatolien der Derwisch Hadschi Bektasch. In der Geschichte des Osmanischen Reiches waren die Bektaschi eng verbunden mit dem Janitscharenkorps, der Elitetruppe der Hohen Pforte, das
         durch die »Knabenlese« rekrutiert wurde. Knabenlese bedeutet, daß vor
         allem in den westlichen Gebieten des Reiches Söhne christlicher Eltern
         zwangsweise von ihren Familien getrennt, nach Stambul verbracht und
         am Sultanshof (islamisch) erzogen wurden. Nach der Zerschlagung des
         Janitscharenkorps 1826 flüchteten sich viele ehemalige Janitscharen ins
         weit westlich gelegene Albanien. Als Kemal Atatürk 1925 sämtliche
         Derwischorden auflöste, verlegten die Bektaschi ihr geistliches Zentrum
         nach Tirana, wo der Dede (Großvater), ihr Oberhaupt, bis heute seinen Sitz hat. Der BektaschiOrden vertritt eine außerordentlich liberale,
         weltlich orientierte Richtung des Islam.

         Bajram: Das Bajramfest beschließt den Fastenmonat des Ramadan, des
         9. Monats des islamischen Kalenders.

         Kus Baba: Baba (Vater) ist die Bezeichnung für einen Angehörigen des
         oberen Klerus der BektaschiMoslems. Kus Baba ist der (historisch fiktive) Anführer eines der protürkischen Haufen, die gegen den Prinzen
         zu Wied kämpften.

S. 82   *Tabur:* Einheit der osmanischen Armee, entspricht einem Bataillon.

S. 87   *drei Religionen:* Vor der osmanischen Eroberung waren die Albaner mehrheitlich Katholiken. Im Großen Bergland und der Mirdita in Nordalbanien sowie in der Gegend um Shkodra blieb die Bevölkerung auch während der osmanischen Herrschaft zu einem großen Teil katho‚ lisch. Die orthodoxen Christen vor allem im Süden und Südosten Al‚ baniens gehören der albanischen autokephalen orthodoxen Kirche an. Während der osmanischen Herrschaft wurde Albanien weitgehend is‚ lamisiert, neben der sunnitischen Mehrheit gibt es unter den Moslems die bereits erwähnte starke Minderheit der Bektaschi. Zahlen werden hier absichtlich nicht genannt, weil sich bei der »in religiösen Dingen oberflächlichen« albanischen Bevölkerung, wie der Albanologe Johan Georg von Hahn bereits Mitte des 19. Jahrhunderts feststellte, in den Jahrzehnten eines erzwungenen Atheismus und danach in den Jahren einer westlich orientierten Demokratie schwer zu erfassende religiöse Verschiebungen ergeben haben.

S. 87   *Skanderbeg, der sich in Gjergj Kastrioti umtaufte:* Gjergj Kastrioti (1405–1468) entstammte einem katholischen mittelalbanischen Fürstenge‚ schlecht und kam im Zuge der Knabenlese als Geisel an den Hof des Sultans, wo er eine militärische Ausbildung erhielt und sich den Kriegs‚ namen Iskenderbeg, albanisch Skënderbeu, deutsch Skanderbeg, zu‚ legte. Während des Ungarnkriegs 1443 fiel er vom Sultan ab, kehrte nach Albanien zurück und schloß 1444 eine Mehrheit der albanischen Fürsten zu einem Trutzbündnis (Albanische Liga von Lezha) gegen die Osmanen zusammen, das bis zu Skanderbegs Tod erfolgreich war. Als Verbündeter des Königs von Neapel (der ihm eine Grafschaft in Apulien zum Lehen gab) erlangte Skanderbeg auch in Westeuropa als »Athlet Christi im Kampf gegen die Türken« große Popularität, wie eine Vielzahl ihm gewidmeter Geschichtswerke, Dramen, Romane und eine Oper von Vivaldi bezeugen. Skanderbeg wird bis heute in Al‚ banien als Nationalheld verehrt, Nationalfahne und Nationalwappen beziehen sich auf ihn. Ismail Kadares Roman *Die Festung* beschreibt den erfolgreichen Widerstand gegen die Belagerung von Skanderbegs Stammsitz Kruja aus der Sicht des Befehlshabers der angreifenden os‚ manischen Truppen.

S. 88   *Scheitan:* Teufel.

        Muezzin: Vorbeter, der vom Minarett der Moschee aus zum Gebet ruft.

S. 91   *Sophie von Schönburg‚Waldenburg:* Sophie Helene Cecilie von Schönburg‚ Waldenburg (1885–1936) stammte aus einem alten sächsischen Adels‚ geschlecht und heiratete Wilhelm zu Wied im Jahr 1906. Sie war für ihre musikalischen Neigungen bekannt. Wie ihr Gatte behielt sie den albanischen Fürstentitel auch nach ihrer Rückkehr nach Deutschland bei. Wie dieser starb sie in Rumänien.

S. 91 *meine Mutter:* Erbprinzessin Lucie Franziska Euphrosyne Anna Alexandrine Georgine von Schönburg-Waldenburg, geb. Prinzessin Sayn-Wittgenstein-Berleburg (1859–1903), verheiratet mit Erbprinz Otto Karl Viktor von Schönburg-Waldenburg (1856–1888).

S. 93 *Sünnet:* Die Beschneidung von Jungen in der islamischen Welt.

S. 94 *Prinzessin von Holland:* Marie von Nassau, Prinzessin der Niederlande (1841–1910), heiratete 1871 Prinz Wilhelm zu Wied, den Vater des Fürsten von Albanien.

S. 95 *Prinzessin von Sachsen:* Wahrscheinlich ist Gisela Gräfin von Solms-Wildenfels (1891–1976) gemeint, die mit einem Bruder des Fürsten von Albanien verheiratet war.

Wilhelms Tante: Prinzessin Elisabeth zu Wied (1843–1916) heiratete 1869 den General Karl Eitel Friedrich von Hohenzollern-Sigmaringen (1839–1914), der 1881 als Carol I. den rumänischen Thron bestieg. Unter dem Künstlernamen Carmen Sylva verfaßte sie sentimentale Romane, außerdem setzte sie sich für das rumänische Musikwesen ein und engagierte sich im Bildungs- und Sozialbereich.

S. 98 *Thronprätendenten:* Insgesamt sollen auf der Londoner Botschafterkonferenz neunzehn mögliche Fürsten von Albanien zur Debatte gestanden haben.

Am meisten Aufsehen erregten zwei vermeintliche Abkommen des Nationalhelden Skanderbeg, wobei der italienische Marchese di Auletta so gute Argumente für seine Herkunft ins Feld führen konnte, daß ihm der italienische König bereits 1897 das Recht zugestanden hatte, Skanderbegs »Titel und Waffen« zu führen, während man den spanischen Don Juan Aladro Castriota y Perez y Velasco mit gutem Grund für einen Hochstapler und überdies für einen russischen Spion hielt.

Prinz Franz Joseph von Battenberg, geboren 1861 in Padua und gestorben 1924 in Schaffhausen, scheint keine besonders guten Karten gehabt zu haben.

Prinz Franz-Ferdinand von Bourbon-Orléans, Herzog von Montpensier, war so an der albanischen Krone interessiert, daß er mit seiner Jacht sogar vor dem Hafen von Vlora auftauchte, aber von der Internationalen Kontrollkommission nicht an Land gelassen wurde.

Der schwedische Anwärter war Prinz Wilhelm von Schweden, Sohn von Gustav V.

Der Vatikan unterstützte einen der drei Kandidaten aus dem Hause Bonaparte, nämlich Prinz Louis, außerdem auch noch einen weiteren deutschen Kandidaten in Konkurrenz zum Protestanten Wilhelm zu Wied, Herzog Wilhelm von Urach.

Der ägyptische Prinz Ahmed Fuad, Nachkomme des albanischstämmigen Königs Mehmed Ali, war nicht der einzige islamische Kandidat, vielmehr standen auch noch der jungtürkische Kriegsminister General Ahmed Izet Pascha und der in Wien studierende osmanische Prinz Abdülmecit zur Diskussion.

Es gab auch albanische Anwärter, so Prenk Bibë Doda, den Anführer der mirditischen Malsoren, sowie den albanischstämmigen Prinzen Albert Ghika (oder Gjika) aus Rumänien.

Der österreich-ungarische Baron Franz von Nopcsa (1877–1933), Paläontologe und Albanienforscher, brachte sich selbst – erfolglos – ins Gespräch und kommentierte später Wieds Scheitern mit bitterer Häme.

S. 100 *der getreue Buchberger:* Der Österreicher Buchberger war einer der beiden politischen Berater des Prinzen zu Wied, wurde aber von diesem im Zusammenhang mit den Umtrieben eines österreichischen Agenten namens Biegeleben, der es bis zum Polizeichef von Durrës gebracht hatte, entlassen.

S. 109 *Tschengi:* Tscheng hieß ein osmanisches Musikinstrument, eine Art Harfe. Der Begriff Tschengi wurde erst für die Musiker, die das Instrument spielten, verwendet, später aber auch für die in der Regel aus dem Volk der Roma stammenden Tänzerinnen, die mit dem Instrument begleitet wurden. Im späteren osmanischen Reich wirkten die Tschengi zusammen mit anderen Schauspielerinnen in Frauentheatergruppen, die in den Serails vornehmer Damen auftraten. Meist waren sie zugleich als Dienerinnen im öffentlichen Dampfbad (Hamam) tätig. Der Beruf der Tschengi war angesehen und gut bezahlt.

S. 114 *Isba:* Kammer.

S. 115 *haram* (türkisch): (aus religiösen Gründen) verboten.

S. 117 *Orosh:* Ort im nordöstlich gelegenen, vorwiegend katholischen Bergland der Mirdita.

Paschalik: Osmanische Verwaltungseinheit: Amtsbezirk eines Pascha, Provinz.

S. 122 *circoncision:* Beschneidung.

S. 123 *hallall:* türkisch: erlaubt.

S. 133 *Franzosenkrankheit:* Syphilis.

inschallah: Nach Allahs Willen, hoffentlich.

S. 135 *Padischah:* Großherr, Titel des osmanischen Sultans.

S. 138 *Baklava:* Gebäck aus mit Honig bestrichenem und mit Nüssen und Mandeln gefülltem Blätterteig.

188

S. 138   *Henna:* Aus dem Hennastrauch gewonnener roter Farbstoff zum Färben und Schminken.

S. 141   *Großwesir Numan Köprülü:* Die aus Albanien stammende Familie Köprülü (Qyprili) war über Jahrhunderte hinweg sehr einflußreich am Sultanshof und stellte mehrere Großwesire. In seinem Roman *Der Palast der Träume* hat Ismail Kadare die Geschichte der Köprülü näher beleuchtet.

Köprülüzade Damad Numan Pasha (1670–1719) war allerdings nur zwei Monate im Amt, nämlich vom 16. 6.–17. 8. 1710.

S. 142   *Monastir 1832:* In der ersten Hälfte des 19. Jahrhunderts kam es in Albanien und anderen Gebieten auf dem Balkan zu Aufständen gegen das Osmanische Reich. Eigentlich nicht 1832, sondern bereits 1830 ließ der Sultan 1000 albanische Würdenträger zu einem Fest nach Monastir im heutigen Mazedonien einladen und von seinen Soldaten niedermetzeln. Gut fünfhundert der Gäste verloren ihr Leben. Ismail Kadare geht in seiner Erzählung *Die Festkommission* auf die Ereignisse ein.

S. 144   *Hauptmänner, Älteste, Bannerträger:* Die Anführer von Freischaren nannte man *Kapedan,* also Hauptmann. Auch der Stammesführer der Mirdita wurde *Kapedan* genannt. Älteste oder Ältestenräte (pleq, pleqësia) leiteten Dörfer, die Begriffe sind bis heute in Gebrauch (Dorfältester = Bürgermeister). Bannerträger (flamurmbajtës, flamurtar) nannte man ursprünglich den Anführer eines militärischen Aufgebots, später den Führer eines Stammesgebiets (Banner), wobei der türkische Ausdruck *Bajraktar* geläufiger ist.

Katholische Republik Lezha: In der nordalbanischen Stadt Lezha mit überwiegend katholischer Bevölkerung befindet sich das Grab des Nationalhelden Skanderbeg, eine Katholische Republik Lezha ist allerdings nicht bekannt.

Autonome Republik Korça: Siehe weiter oben.

Internationale Regierung von Shkodra: In der Folge der Balkankriege war die nordalbanische Stadt Shkodra von montenegrinischen Truppen besetzt. Auf Beschluß der Großmächte übernahm erst eine internationale Militärkommission, dann die Internationale Kontrollkommission die Aufsicht über die Stadt. Im Ersten Weltkrieg gehörte sie zum österreichischen Besatzungsgebiet.

Islamisches Paschalik: Esad Pascha Toptani kontrollierte zusammen mit anderen islamischen Kräften Mittelalbanien, ein »Islamisches Fürstentum oder Paschalik« gab es allerdings nicht. Esad Pascha war im Laufe der Jahre in vielen Regierungen tätig.

Königreich der Bektaschi: Ein solches Königreich ist nicht bekannt, allerdings befindet sich das Heiligtum des Ordens, die Türbe des Abaz Aliu, auf dem Gipfel des Berges Tomorr in der Nähe von Berat in Mittelalbanien.

S. 145 *Orthodoxes Fürstentum Vorio-Epirus:* Ein »epirotischer Kongreß« unter Leitung des ehemaligen griechischen Außenministers Georgios Zografos in der südalbanischen Stadt Gjirokastra proklamierte am 2. März 1914 die Autonomie von Vorio-Epirus (Nord-Epirus). Aus militärischen Gründen, um den Nachschub für die verbündete französische Ostarmee in Korça sicherzustellen, besetzte Italien 1916 das entsprechende Gebiet um die Städte Gjirokastra, Permet und Saranda. Bis heute belasten griechische Ansprüche auf Nord-Epirus das Verhältnis beider Länder.

Kanun: Anfang des 20. Jahrhunderts brachte der albanische Franziskanerpater Shtjefën Gjeçov (1874–1929) unter dem Titel »Kanun des Lek Dukagjini« das traditionelle nordalbanische Gewohnheitsrecht in schriftliche Form. Lek Dukagjini war ein Kampfgefährte Skanderbegs, doch bedeutet der Titel wohl eher »Gesetz (lat. lex) von Dukagjini«, einer Landschaft in Nordostalbanien und Kosova.

Ismail Kadare setzt sich in seinem Roman *Der zerrissene April* mit dem Gewohnheitsrecht auseinander.

Kanunisches Fürstentum Orosh: Der »Turm von Orosh« im nordostalbanischen Bergland der Mirdita war der Sitz der Familie Gjonmarkaj, der »Hüterin des Kanun«.

Prenk Bibë Doda (1858–1920), Kapedan der Mirdita aus dem Hause Gjonmarkaj, träumte von einem unabhängigen nordalbanischen Fürstentum. Er war einer der Prätendenten auf den albanischen Fürstenthron und bekleidete in der Regierung des Prinzen zu Wied kurz das Amt des Außenministers. Sein Vetter und Nachfolger Marka Gjoni rief 1921 erfolglos eine Republik Mirdita aus.

Serbischer Korridorstaat: Damit wird auf die von Rußland unterstützten Bestrebungen Serbiens angesprochen, sich einen direkten Zugang zur Adria zu verschaffen, möglichst durch Einnahme der Hafenstadt Durrës.

Albanische Republik: Eine Zeitung *Unglückliches Albanien* gab es nicht, doch spielt der Autor hier auf die demokratischen Bestrebungen im Land an, die zu jener Zeit auf die Kolumnen der patriotisch-fortschrittlichen Presse beschränkt blieben.

Andarten: Angehörige irregulärer griechischer Verbände.

S. 146 *Verwünscher:* Ein Sinnbild für den Obskurantismus des Osmanischen Reichs. Ismail Kadare beschreibt das Wirken dieser Berufssparte im Roman *Die Brücke mit den drei Bögen* und in der Erzählung *Die Abschaffung des Standes der Verwünscher.*

S. 146 *Derwisch-Hatixhe-Türbe:* Dieses Grabmal einer wohltätigen Dame aus dem 19. Jahrhundert befindet sich in Tirana.

S. 147 *Doruntinas Grab:* In Ismail Kadares Roman *Doruntinas Heimkehr* wird die alte Legende von Konstantin, der dem Grab entsteigt, um ein Versprechen an seine Schwester Doruntina einzulösen, neu ausgedeutet.

Nonne Agnes: Hinweis auf Mutter Theresa, die eigentlich Anjezë (Agnes) Gonxhe Bojaxhiu hieß und ihre albanische Herkunft stets betont hat.

S. 149 *Kolonjaren in Faltenröcken:* Kolonja heißt das Gebiet zu Füßen des Gramosgebirges im äußersten Südosten Albaniens. Nicht nur dort, sondern auch in anderen Teilen Albaniens gehört die »fustanella«, ein weißer Faltenrock, zur Männertracht.

Internationale Grenzkommission: Die Internationale Grenzkommission wurde von den Großmächten eingesetzt, um die Frage der griechisch-albanischen Grenze zu klären und den Grenzverlauf zu überwachen.

S. 161 *St.-Nikolaus-Kirche:* Gemeint sein könnten die byzantinische Basilika im Kloster Mesopotam bei Saranda in Südalbanien oder die St.-Nikolaus-Kirche in der im 18. Jahrhundert bedeutenden, im 19. Jahrhundert völlig zerstörten Stadt Voskopoja bei Korça.

Ardenica: Eine aus spätbyzantinischer Zeit stammende bedeutende Klosteranlage südlich der Stadt Fieri.

Domenika Komneni: Die Gattin Skanderbegs entstammte der kaiserlichen byzantinischen Familie Komnenos.

Sankt Maria: Kirche aus dem 13. Jahrhundert in Himara an der Küste des Ionischen Meeres.

Kirche von Qishbardha: Qishbardha bzw. Kishbardha bedeutet »weiße Kirche«.

Dreikreuzkloster: Das Dreikreuzkloster gehört wie die Herberge »Zum zwiefachen Robert« und die Brücke mit den drei Bögen zu den festen Wegmarken bei einer Wanderung durch Ismail Kadares Werk.

S. 171 *Konstantin:* Konstantin entstieg dem Grab, um seine Schwester Doruntina aus Böhmen zu ihrer sterbenden Mutter zurückzubringen.

Ausspracheregeln

c	»z« (wie Zacke)
ç	stimmloses »tsch«
dh	wie stimmhaftes englisches »th«
ë	wie englisches »a« in »a house« oder ein stimmloses deutsches »ö«; im Auslaut und unbetont nicht gesprochen.
gj	stimmhaftes »dsch«
ll	gerolltes Zungen-l
nj	»nj« wie im spanischen »niño«
q	»tschj«
rr	gerolltes Zungen-r
sh	stimmloses »sch«
th	wie stimmloses englisches »th« in thing
v	»w«
x	stimmhaftes »ds«
xh	stimmhaftes »dsch«
y	»ü«
z	stimmhaftes »s« (wie in Rose)
zh	stimmhaftes »sch«